SV

Band 1547 der Bibliothek Suhrkamp

Maria Stepanova
Winterpoem 20/21

Russisch und deutsch

Aus dem Russischen von
Olga Radetzkaja

Suhrkamp Verlag

Die Originalausgabe erschien 2021 unter dem Titel
Svjaščennaja zima 20/21 bei Novoe Izdatel'stvo in Moskau.

Olga Radetzkaja dankt dem Freundeskreis zur Förderung literarischer
und wissenschaftlicher Übersetzungen e.V.,
der die Übersetzung mit einem Perewest-Stipendium
großzügig gefördert hat.

Klimaneutral
Druckprodukt
ClimatePartner.com/14438-2110-1001

Erste Auflage 2023
Deutsche Erstausgabe

Umschlaggestaltung nach einem Konzept von Willy Fleckhaus
Satz: Satz-Offizin Hümmer GmbH, Waldbüttelbrunn
Druck: Pustet, Regensburg
Printed in Germany
ISBN 978-3-518-22547-9

www.suhrkamp.de

Winterpoem 20/21

Священная Зима 20/21

I

Я выехал в Россию верхом на коне.
Дело было зимою.
Шёл снег.

Приключения Барона Мюнхгаузена

Nach Russland brach ich im Winter auf.
Ich reiste zu Pferd.
Es schneite.

Die Abenteuer des Freiherrn von Münchhausen

А зима такая стоит по дворам:
Как дуб
Как сруб
Как храм

Летучие фракции снежного праха
Пикируют кавалеристами
На повинную голову
На самую ее маковку

Пора в зимнюю спячку:

Как труп разъятый в пустыне лежатый
Как остановите-вагоновожатый
Как положено
Лежать, где уложено

Жил был заяц со своей лисицей
У самого синего моря.
Они жили в ветхой землянке,
Потом построили домы:

У лисы стала избушка ледяная,
У зайца, говорят, слюдяная,
Из чистых заячьих слезок,
Из грустной слюны капустной

Dieser Winter draußen – steht
Wie ein Baum
Wie ein Bau
Wie ein Dom

Flüchtige Schneestaubfraktionen
Stoßen im Sturzflug herab
Asche aufs Haupt, berittene Schützen
Zielen direkt auf den Scheitel

Zeit für den Winterschlaf:

Wie im Wüstensand ein zerlegter toter Mann
Wie ein Schaffner-halten-Sie-an
Wie es sein soll
Abgelegt liegen bleiben

Lebte einst ein Hase mit seiner Fuchsfrau
Am blauen Meeresstrand
In einem alten Erdbau
Bis sich was Besseres fand:

Für Frau Fuchs ein Häuschen aus Eis,
Für Herrn Hase eines aus Gneis,
Aus reinen Hasentränchen,
Aus traurig-krautiger Spucke

Жили-жили, никого не ели,
На праздники пускали фейерверки.

*

– Видела сон: стол. А на том столе
Не стоял, но лежал прекрасный человек.
И на нем было надето:
одежда серая, соболем опушенная.
– Матушка, Всемилостивейшая Государыня!
– Марморный мой красавец.
Мой голубчик бесценный и беспримерный.
Право, крупно тебя люблю. Сам смотри.

*

Тут-то и все уснуло:
И ветер в трубе, и огонь в очаге,
И боль в голове, и в кране вода.

Тут-то и все застыло:
И парикмахерша в халате после смены,
Вытянув ноги, глаза полузакрыв.
И бездомный в остановившемся трамвае,
И светофор, едва зажегший желтый свет,

So lebten sie friedlich, sie fraßen niemand
Und feiertags brannten sie Feuerwerk ab.

*

– Ich habe geträumt: ein Tisch. Auf dem Tisch
Lag (nicht: stand) ein bildschöner Mann.
Und er trug:
graue Kleider, mit Zobel gesäumt.
– Teure Mutter, Allergnädigste Herrscherin!
– Mein Schöner, Marmorgleicher.
Mein köstliches, einziges Täubchen.
Ich liebe dich wahrhaft gewaltig. Sieh selbst.

*

Und da schlief alles ein:
Im Schornstein der Wind, das Feuer im Herd,
Im Kopf das Weh, das Wasser im Hahn.

Und da fror alles ein:
Die Friseurin im Kittel nach Ende der Schicht,
Beine hochgelegt, halb geschlossene Lider.
Der Obdachlose in seiner stehengebliebenen Tram,
Die gerade auf Gelb umspringende Ampel,

И в зимнем воздухе дубинки полицейских,
И небо желтое, подпертое столбами пара,
И люди в шубах шапках автозаках,
И люди, находящиеся по месту жительства
С полупрозрачными домашними растениями,
С неговорящими домашними животными,
С вещами теплыми, с напитками холодными
Мы, переложенные снегом для сохранности,
Как папиросною бумагою картинки,
Вдруг стали стоп.

*

Как вспомню, как собирался на пожизненное
– Тогда первый раз во мне закоченела душа,
Словно знала, чему ей теперь пора учиться –
И жена плачет, и друзей двое, кто посмелее,
А дочка в отъезде, вернется, а меня нет,
И уже светает, а я полночи жег документы и рукописи,
Ни одежды не взял, ни рабов не выбрал в дорогу.
Как вспомню – и сразу уже на корабле,
Море вокруг, и на палубе тоже море,
Кормчий молится, рев вод, мат матросов,
Хлещет в ноздри волна, а я знай пишу,
Поглядим, кто раньше устанет, буря ли, жалоба.

*

In der Winterluft die Schlagstöcke der Polizisten,
Der gelbe Himmel, auf Dampfsäulen ruhend,
Die Menschen in ihren Pelzen Mützen Polizeitransportern,
Die Menschen an ihrem Wohnsitz
Zwischen milchigen Zimmerpflanzen,
Zwischen sprachlosen Haustieren,
Ausgestattet mit Kleidern (warm) und Getränken (kalt):
Wir, zwischen schützenden Schichten von Schnee,
Wie Fotos unter Seidenpapier,
Plötzlich gestoppt.

*

Allein der Gedanke an diese letzte Nacht in Freiheit –
Wie das Herz mir zum ersten Mal kalt und starr in der Brust lag,
Als wüsste es, was ihm bevorsteht, und wollte schon üben –
In Tränen die Gattin, die beiden mutigsten Freunde,
Die Tochter – verreist, sie wird mich nicht mal mehr sehen,
Es tagt schon, seit Stunden verbrenne ich Manuskripte,
Statt warme Sachen zu packen, statt Reisesklaven zu wählen.
Allein der Gedanke – schon sehe ich mich auf dem Schiff
Und überall Wasser, Wellen klatschen aufs Deck,
Der Steuermann betet, Matrosen fluchen, die brüllende See
Peitscht in die Nase, ich aber schreibe, als wär nichts –
Wer wohl früher aufgibt, mein Klagelied oder der Sturm?

*

Как мы оказались в этом шкафу?
(Как я оказалась в этом гробу?)

Кажется, мы не одни в этом шкафу:
Косматые допотопные шкуры,
Смерзшееся, в льдинках, руно,
Шубы с глубокими темными берегами,
Блуждаешь в них (блуждаем в них) как в лесу,
Запах грозный, морозный, дело к закату,
Оспинами на снегу следы.

В стороне чужой и дальней
Гроб качается хрустальный,
Снег валит, горит звезда,
Ходит гроб туда-сюда
Над землей пустого места,
Спит во льду твоя невеста.

Снится Мари Штальбаум,
Что она в глубоком колодце –
В рукаве папашиной шубы:
Тесно, темно, пахнет нафталином,
Шуршит шелковая подкладка,
По стенкам банки и банки
С летним малиновым вареньем,
Белый-белый свет в конце туннеля,

Wie sind wir hier gelandet, in diesem Schrank?
(Wie bin ich hier gelandet, in diesem Sarg?)

Wie es scheint, sind wir nicht allein hier, in diesem Schrank:
Zottige vorsintflutliche Felle,
Ein zu Klump gefrorenes, eissplitterklirrendes Vlies,
Pelzmäntel und ihre hohen dunklen Böschungen,
Du irrst drin umher (wir irren umher) wie im Wald,
Es riecht nach Gefahr, nach Frost, nach gleich wird es Abend,
Wie Pockennarben die Spuren im Schnee.

Im fernen Land des Boreas
Schaukelt sacht ein Sarg aus Glas,
Dichter Schnee fällt, Sterne funkeln,
Leise schwankt der Sarg im Dunkeln,
Aus der Ödnis dringt kein Laut,
Dort im Eis schläft deine Braut.

Im Traum sieht Marie Stahlbaum
Sich in einem tiefen Brunnen –
Im Ärmel von Papas Pelz:
Eng ist es, finster, es riecht nach Mottenpulver,
Das Seidenfutter raschelt,
An den Wänden Gläser über Gläser
Mit Himbeerkompott vom Sommer,
Ein weißes, weißes Licht am Ende des Tunnels,

Лесенка круче и круче,
Ступеньки реже и реже.

… Снится Лариной Татьяне,
Что она выбегает навстречу,
А земля давно уже остыла:
По колена в снегу колонны
Барского дедовского дома,

Ни тропинки, замело дорогу,
Замело по крест колокольню.
На кладбище не видать надгробий.
За сугробом, розовым от солнца,
Как ряднина, разбегается равнина.

Не сядем в санки, не поедем
В лес еловый ужинать с медведем.

Снятся Овидию в Томах
Римские белые гуси.

Снится тете Томе Кузнецовой
Наступленье жизни образцовой.

*

Die Treppe wird steiler und steiler,
Die Stufen höher und höher.

… Im Traum sieht Tatjana Larina:
Sie läuft aus dem Haus, ihm entgegen,
Doch die Erde ist längst kalt,
Bis ans Knie reicht der Schnee den Säulen
Vor Großvaters Villa,

Nirgends ein Weg, die Straße verweht,
Der Kirchturm verweht bis ans Kreuz.
Auf dem Friedhof ist kein Grabstein zu sehen.
Ein Schneewall, rosa besonnt, dahinter
Wie Leintuch flaches Land weit und breit.

Wir fahren nicht, der Schlittensitz bleibt leer,
Im Tannenwald speist ohne uns der Bär.

Im Traum sieht Ovid in Tomis
Die weißen Gänse von Rom.

Im Traum sieht Tante Toma (Kaplan):
Ein tipptoppes Leben bricht an.

*

Если у вас в мегаполисе еще помнят обо мне, ссыльном,
Знай, кто спросит: я умер, едва приговор огласили.
Мертвый живу, хожу, тело донашиваю,
Оно послушное – ссыхается на костях.
Я здесь чужак, варвар, языка не носитель,
Неба коптитель, волосы стали белые,
Мертвыми губами учу гетскую грамоту,
Мертвыми ногами топчу твердую воду.
Что тебе рассказать, чтоб не скучала? Скачут
Кони по гладкой реке, и стрелы летают,
Рыбы торчат изо льда с открытыми ртами,
Некому их вынимать. Некому меня понимать.
Вино замерзло, стоит само без кувшина,
Кусок вина отломлю и сосу, как сиську.
Яблок не достать. Ты бы меня не узнала.

Местные замотаны в шкуры, на тогу косятся,
Только лица и видно, да и те в бороде.
Даже звезды здесь не как у людей.

*

Книжечка ты моя, написанная за пазухой
Времени, в краях, где таких, как мы, днем с огнем,
В Город приди, где каждого видно-слышно,
Где что ни слово – с добротной красной каймой,

Falls man bei euch in der Megapolis noch nach mir fragt,
Wisst: Ich bin im Moment der Urteilsverkündung gestorben.
So lebe ich jetzt, ein Toter, der seinen Körper im Gehen
Geduldig aufträgt, bis er am Knochen verdorrt.
Ein Fremder bin ich, Barbar, kein native speaker,
Ein fauler Strick, mit inzwischen schlohweißem Haar.
Meine toten Lippen murmeln getische Wörter,
Meine toten Füße betreten gehärtetes Wasser.
Was kann ich erzählen, um deine Sehnsucht zu lindern?
Pferde sprengen über den glatten Fluss, Pfeile schwirren,
Fische stecken im Eis fest mit offenem Maul.
Keiner da, der sie rauszieht. Keiner, der mich versteht.
Der Wein ist gefroren, er steht ohne Krug auf dem Tisch,
Ich breche ein Stück ab, ich sauge wie an einer Zitze.
Äpfel sind hier ein Fremdwort. Du würdest mich nicht mehr
erkennen.
Man trägt Fell bis ans Kinn, eine Toga wirkt komisch,
Nur das Gesicht bleibt frei, und auch das verschwindet im Bart.
Nicht mal die Sterne am Himmel sind hier normal.

*

Mein Buch, du liebes, geschrieben im Schatten der Zeit,
In einer Gegend, wo Leute wie wir dünn gesät sind,
Tritt ein in die Stadt, wo jeder gesehen gehört wird,
Wo jedes Wort gerahmt ist in sattem Zinnober,

Небритая приди, с застиранною полою,
С ногами сбитыми, с наплаканной щекой,
Туда, где и мест несчастливых нет,
Где что ни площадь – та в уме зацелована,
Много не говори: мол, жив, и этого довольно.
Сами пускай расспрашивают, если хотят.
Таких будет мало, и все с оглядкой.
Прочие, так и знай, тебя захотят обидеть,
Это ничего: чтобы попасть в руки читателю,
Я и сам бы свернулся в трубочку, сам бы на почту себя отнес.

*

– Матушка, Всемилостивейшая Государыня!
– Друг милой и бесценной,
Душа моя милая,
Голубчик родной!
Гяур, Москов, козак яицкий,
Пугачев, индейский петух, павлин,
Кот заморский, фазан золотой,
Тигр, лев в тростнике.
Тебе подобного нету и на всех плевать.

*

Unrasiert komm, in deiner verwaschenen Toga,
Auf wundgelaufenen Füßen, die Augen verweint,
Komm in die Stadt, wo nirgends ein trauriger Fleck ist
Und alle Plätze im Kopf längst blankgeküsst sind.
Sagen musst du nicht viel: »er lebt noch«, das dürfte genügen.
Wer mehr wissen will, soll selber Fragen stellen.
Wenige werden es tun, hinter vorgehaltener Hand.
Andere – mach dich gefasst – werden grob zu dir sein,
Egal: Um in Leserhände zu kommen, würde ich mich glatt
Selber zusammenrollen und mich aufs Postamt tragen.

*

– Teure Mutter, allergnädigste Herrscherin!
– Lieber, köstlicher Freund,
Mein liebes Herz,
Trauter Schatz!
Du Ural-Kosake, Ungläubiger, Moskowit,
Pugatschow, Truthahn, du Pfau!
Mein Zauberkater und Goldfasan,
Mein Tiger, mein Löwe im Schilf.
Keiner gleicht dir, ich pfeife auf alle.

*

Зимнее утро. Рассвет
Поблескивает на балках.
Нехотя
С постели она встаёт.
Кутается в халат.
Зеркальце трет полой.
Час такой, что подсматривать
Некому. Да и зачем
В этакую-то рань красить лицо.

*

Хочешь знать, как выстроить дом из снега?
Иглу,
Светелку светлую,
Ледяной дворец без крыши и стен?

Мальчик спрятался.
Вырыл в легком снегу пещеру,
Сам залез и санки туда затащил,
Стал закладывать комьями вход, выше и выше.
Голубой полусвет разлился в берлоге.
Тебя не видно, тебе не видно.

Мальчику снится:
Картонная коробочка для кукольных перчаток,

Winter. Das erste Licht
Glänzt auf den Balken.
Lustlos
Schält sie sich aus ihrem Bett.
Schlüpft in den Morgenmantel.
Reibt mit dem Saum den Spiegel.
Um diese Uhrzeit, wer soll sie sehen?
Keiner. Also wozu
Schminkt sie so früh ihr Gesicht.

*

Willst du wissen, wie man ein Haus baut aus Schnee?
Ein Iglu,
Ein lichtes Stübchen,
Einen Eispalast ohne Wände und Dach?

Der Junge versteckte sich.
Grub im leichten Schnee eine Höhle,
Kroch hinein und zog seinen Schlitten nach,
Türmte Schneebälle vor den Eingang, höher und höher.
Bläuliches Zwielicht erfüllte den Bau.
Du bist nicht zu sehen, du siehst nicht.

Der Junge träumt:
Von einer Schachtel Puppenhandschuhe,

Русый пробор, над скатертью наклоненный,
Серые глаза, глядящие с укоризной,
Овальные портреты прадеда и прабабки.

Если сесть на корточки, подхватив себя под коленки,
Потом рывком разогнуться и лечь на воздух,
Можно проплыть, почти не загребая руками,
Над кожаным диваном, над желтой резьбой буфета
Туда, на холодную летнюю половину.

Но нужно ли это, если у тебя есть санки?

Стало темнеть.
Хлопья летели не сверху вниз, а строго горизонтально,
Под прямым углом к колокольне собора,
А ездок в дорогих санях, в белоснежной шубе

Все кивал и кивал мальчику головою,
Как китайская собачка в окне у доктора Прошке.
Мальчик давно разжал руки,
Но его санки
Сами собою катили следом за белыми чужими санями,
За ними летели рыхлые белые куры,
Снизу светили ледяные озера,
Волки выли, и снежные тучи плыли.

Einem blonden Scheitel, über das Tischtuch gebeugt,
Von grauen Augen, die vorwurfsvoll blicken,
Von den ovalen Porträts seiner Urgroßeltern.

Wenn du dich hinhockst und ganz eng die Beine anziehst,
Dich dann ruckartig ausstreckst und auf die Luft legst,
Brauchst du kaum mit den Armen zu rudern, du schwebst
Über das Ledersofa, die gelbe geschnitzte Kredenz
Auf die andre, die kalte Sommerseite.

Aber wozu, wenn du doch einen Schlitten hast?

Es wurde dämmrig.
Schneeflocken flogen statt abwärts strikt horizontal,
Im rechten Winkel zum Kirchturm,
Und in einem Luxusschlitten saß jemand im schneeweißen Pelz,
Der nickte und nickte dem Jungen zu,
Wie der chinesische Hund im Fenster bei Doktor Proschke.
Der Junge hatte die Zügel längst losgelassen,
Aber sein Schlitten
Sauste von selbst dem fremden weißen Schlitten nach,
Hinterdrein flogen plustrige weiße Hühner,
Von unten leuchteten Seen aus Eis,
Wölfe heulten, Schneewolken rollten.

У, как там было холодно, как пустынно!
Когда-нибудь она его поцелует.

*

Еще на корабле, еще в декабре, поначалу,
Когда болело так же, но было в новинку,
Я заметил, что зима выясняет со мной отношения,
Пробует меня, теплого пока, на зуб.
Ветры были ледяные, я с ними разговаривал,
Больше и не с кем. Холод мне: все пишешь, дурачок?

Ну, пиши, пиши. А я давай торговаться:
Если я уйду из литературы, ты от меня уйдешь?
Я брошу стихи, от них и так ничего хорошего
И здесь в черной воде я болтаюсь из-за них,

А ты перестанешь мне в губы дуть и держать за кости?

Думал зиму обмануть, а она сама меня надула:
Только пристали – и она уже тут
И пересчитывает ребра и страницы в книжечке,
Как при обыске, когда пора протокол.
Теперь-то ясно: я сослан не в чужие края,
А во время года, меня в него засунули
Как в рукав одной из здешних вонючих шуб,

Oh, so kalt war es dort, so leer!
Irgendwann wird sie ihn küssen.

*

Schon auf dem Schiff, im Dezember, noch ganz am Anfang –
Der Schmerz war nicht größer als jetzt, er war nur noch neu –
Fiel mir auf, dass der Winter Streit mit mir sucht,
Meinen – solang er noch warm ist – Widerstand testet.
Der Wind war eiskalt, ich führte Gespräche mit ihm,
Mit wem sonst. Na, sagt der Frost, immer am Schreiben,
du Narr?
Lass dich nicht stören, schreib ruhig. Ich wollte feilschen:
Wenn ich das Schreiben aufgebe, gehst du dann weg?
Ich lasse das Dichten, es führt sowieso zu nichts Gutem –
Weshalb sonst würde ich hier auf schwarzen Wassern
schaukeln –,
Und du gerbst mir nicht mehr die Lippen, verschonst meine
Knochen?
Ich wollte ihn reinlegen, doch der Winter war schlauer:
Wir hatten kaum festgemacht, schon stand er da,
Zählt meine Rippen ab und die Seiten im Buch,
Als bräuchte er Zahlen für ein Polizeiprotokoll.
Heute weiß ich: Verbannt bin ich nicht in ein Land,
Sondern in eine Saison, kopfüber hineingestopft
Wie in den stinkigen Ärmel eines der hiesigen Pelze,

И кого ни вижу, все такие же ссыльные,
Каждый в зиме как в сыром мешке.

*

На 73 широте нас разделило штормом, и только мой корабль, да с ним еще два судна, голландское и французское, кое-как добрались до Новой Земли. Мы высадились на берег, чтобы починиться и запастись провизией, сделали себе землянки из дерна и дерева. Вскоре кто-то заметил, что разговоры наши стали прерывисты: не все удавалось услыхать, даже когда мы сидели все вместе вокруг костра. Смутившись поначалу, после я догадался, что произнесенные слова просто застывали в ледяном воздухе, не успевая достигнуть ушей того, к кому были обращены. Догадка моя подтвердилась, когда мороз усилился и вся наша команда разом онемела, или скорее оглохла; ибо никто из нас, как выяснилось позже, не утратил способностей к речи, но не успевали звуки достигнуть воздуха, как тотчас же цепенели и пропадали. Горько было смотреть, как мы говорили все хором, помогая себе кивками, но отнюдь не слыша друг друга.

*

Все, как есть, помню, ничего не забыл,
И что сегодня в Городе день поэзии.
Сам-то я разучился: стихи игрушка счастливых,

Und wer immer mir über den Weg läuft, ist ein Verbannter,
Der im Winter festsitzt wie in einem feuchten Sack.

*

Bei 73 Grad nördlicher Breite riss uns ein Sturm auseinander, und nur meines und zwei weitere Schiffe, ein holländisches und ein französisches, erreichten mit knapper Not Nowaja Semlja. Wir gingen an Land, um die nötigen Reparaturen vorzunehmen und unsere Vorräte aufzufüllen, und bauten uns Erdhütten aus Gras und Holz. Bald bemerkte einer aus der Mannschaft, dass unsere Gespräche lückenhaft wurden: Wir konnten einander oft nicht hören, selbst wenn wir gemeinsam ums Feuer saßen. Anfangs war ich verwirrt, doch dann erkannte ich, dass die in der eisigen Luft gesprochenen Worte einfach einfroren, ehe sie das Ohr des Gegenübers erreichten. Meine Vermutung bestätigte sich, als der Frost noch strenger wurde und unsere Runde vollends verstummte – oder vielmehr taub wurde, denn wie sich später zeigte, hatte keiner von uns die Sprache verloren, doch sobald unsere Worte an die Luft drangen, erstarrten sie und blieben ungehört. Es war ein Bild des Jammers, wie wir alle zugleich sprachen und einander zunickten, aber keinen Ton hörten.

*

Ich habe es alles noch vor mir, nichts ist vergessen,
Auch nicht, dass in der Stadt heute Tag der Poesie ist.
Ich selber bin raus: Gedichte sind ein Spielzeug für Glückliche,

Которым нравится ладить себя несчастными.
А все равно, подумаешь, как все вы там
Туда-сюда на поэтические чтения,
Алкоголи в горле, венки еще свежи –
И ни одного, кто прервал бы исповедальную лирику,
Поставил рюмку на стол и: «А как там Назон?»
Или хоть «Давайте выпьем за тех, кто в море!» –

И хочется плеваться мерзлыми ямбами,
Тупыми, как наконечники здешних стрел,
Единственной на весь край сувенирной продукции.

*

Что ж я, в тебя, сухая земля, и лягу?
В тебя, из которой только полынь и лезет
Задрипанными аптекарскими пучками?
Ни участка на Аппиевой, ни алтаря,
Ни огонь погребальный не взревет, ни рыдальцы,
Даже птиц и тех тут не дозовешься,
Похороны на казенный счет,
Споро, экономично, убористо.
Каменная земля плугу не по зубам,
Каменная вода под мрамор покрашена.
Греческий тут ломаный, как сушка в кармане,

Die sich gern mit erfundenem Unglück schmücken.
Und doch, wenn ich bloß daran denke, wie ihr dort alle
Von einer Dichterlesung zur nächsten rennt,
Mit wehenden Alkoholfahnen, die Köpfe bekränzt –
Und keiner, der zwischen all der Bekenntnislyrik
Aufblickt und fragt: »Was macht eigentlich Naso?«
Oder zumindest sein Glas hebt auf die, die auf See sind –,

Möchte ich vereiste Jamben spucken
So stumpf wie die Pfeilspitzen hiesiger Produktion,
Das einzige Souvenir, das diese Gegend zu bieten hat.

*

In dir soll ich also liegen, trockene Erde?
In diesem Karst, wo nichts wächst außer räudigem Beifuß,
Unter versprengten Heilkräuterbüscheln?
Keine Parzelle an der Appia, kein Altar,
Kein loderndes Grabfeuer, nirgends ein Totenkläger,
Nicht mal ein paar Vögel, die krächzen würden,
Bestattung auf Staatskosten,
Zügig, platzsparend, preiswert.
Steinharte Erde, an der sich der Pflug die Zähne ausbeißt,
Steinhartes Wasser, marmorgemustert, Trompe-l'œil.
Wenn hier einer Griechisch spricht, dann so gebrochen wie
Zwieback

Латыни вовсе нет, и хорошо, что нет,
На своем скажут: «отмучился дед», и поминай как звали.

*

Говорили,
Что на римском форуме метели
Настелили белые лежанки.

Говорили,
Что за океаном небоскребы
Стали занавешенные снегом картинки.

Что между колонн Парфенона
Сугробы как шапки меховые.

Никогда такого не было, а вдруг вышло.

*

Поздняя ночь. Зима.
Весь я в книгу ушёл,
Забыл, что пора в постель.
Жена пришла, забирает лампу:
«Ты знаешь, который час?»

*

Im Hosensack. Latein kommt zum Glück nicht vor. Auf Getisch
Werden sie sagen: »Hat er's geschafft, der Alte«, und fertig.

*

Man sagte,
Auf dem Forum in Rom hätten Schneegestöber
Weiße Liegen aufgestellt.

Man sagte,
In Amerika seien die Wolkenkratzer
Nur noch mit Schnee verhüllte pikante Bilder.

Und zwischen den Säulen des Parthenon
Türmte der Schnee sich zu pelzigen Mützen.

Nie zuvor gab es das, und plötzlich ist es passiert.

*

Tiefer Winter. Spätnachts.
Versunken in mein Buch
Denke ich nicht an Schlaf.
Meine Frau kommt und nimmt die Lampe:
»Weißt du, wie spät es ist?«

*

То ли три года, то ли тридцать три,
То ли десять, как греки у троянских стен,
А все одно – время на месте стоит,
Как взаперти: новый день тот же день,
Ночи все на один покрой, и сны всё дрянь:
Стрелы дождем, снег веревками, рабья доля.
Вскинусь, ресницы смерзлись, на пальцах солоно,
По одному этому и пойму, что плакал.
Не снятся мне ни Амур озябший с крылышками,
Ни начало навигации и с первым кораблем передача.

*

Мне бы ум – думал бы, например,
Как там мокнет лавр, а в доме зажгли свет.
Или римские вывески вспоминал,
Чтобы в носу защипало от слез и гарума.
Или со страхом: как тебя обниму,
А рука не узнает твою спину,
Обшарила лопатки и замерла,
Или хотя бы – вот за стенкой вьюга трясет
Запертые от ворога ворота.
А не это стыдное: как там мои книжки,
И что они мне всю жизнь поломали,
И читает ли вас, бедных, кто.
Вон пошли из моей головы, погорельцы,

Wie lange schon, drei Jahre, dreiunddreißig?
Oder auch zehn, wie damals die Griechen vor Troja –
So oder so, die Zeit tritt auf der Stelle
In ihrem Gefängnishof: Der neue Tag ist der alte,
Die Nächte – ein Einheitsbrei, und ich träume nur Schrott:
Von hagelnden Pfeilen, Bindfadenschnee, Sklaverei.
Ich schrecke hoch mit gefrorenen Wimpern, Salz auf den Fingern,
Und merke nur daran, dass ich geweinet hab.
Nie erscheint mir auf frierenden Flügeln Amor,
Nie das erste Schiff nach dem Winter, das mir ein Päckchen bringt.

*

Könnte ich denken, dächte ich zum Beispiel an unseren
Lorbeer im Garten, im Regen, das Licht in den Fenstern.
Oder erinnerte mich an die römischen Wirtshausschilder
Bis mir vor Tränen und Garum die Nase brennt.
Oder ich stellte mir vor, voller Angst, wie ich dich umarme
Und meine Hand deinen Rücken nicht wiedererkennt,
Tastend über ein Schulterblatt fährt, dann stockt –
Oder wie draußen der Schneesturm rüttelt
Am verschlossenen trutzigen Tor –
Statt dieses Gejammers andauernd: Ach, meine Bücher,
Wie es euch dort wohl geht und wie ihr mein Leben zerstört habt
Und ob euch Ärmste wohl irgendwer liest.
Raus mit euch, räumt meinen Kopf, ihr Opfer,

Ковыляйте прочь неровными стопками
В литературные памятники, если возьмут.
А я ваш язык давно держу за зубами.

*

Из-под зимней Медведицы, из-под косматого брюха
Горюю о космической перемене.
Что, правда одним земным богом стало меньше
И властные инстанции перекосило?
Кому теперь возносить молитвы
С прошением о скорой амнистии?
Зачем пишу, ни тебе, ни мне не понять,
Люди знают, поэты сплошь не в своем уме.
Между моим письмом и твоим зрением –
Время года, оно все то же: холод
И долгий снег, а там еще целая Фракия
И много верст непросыхающей воды.
Рыбы, когда зима, живут под крышкой,
Так и я. Закрываю рот в темноте.
Язык за зубами, и есть два про запас,
Гетский, сарматский, оба новенькие
И ни в один не хочется сунуть ногу.

*

Humpelt davon auf euren Hinkeversfüßen,
Womöglich schafft ihr es ja in die Klassikerbibliothek.
Mir kommt eure Sprache schon lang nicht mehr über die Lippen.

*

Unterm Großen Winterbären mit seinem zottigen Bauch
Klage ich über die kosmische Zeitenwende.
Ist es wahr, sind die Reihen der irdischen Götter gelichtet
Um einen, hängt jetzt der Staatssegen schief?
Zu wem soll ich denn dann beten
Um baldige Amnestie?
Wozu ich noch schreibe, versteht kein Mensch, auch ich nicht,
Man weiß ja, die Dichter sind alle nicht ganz bei Trost.
Zwischen meinem Brief und deiner Brieflektüre
Liegt eine Jahreszeit, immer dieselbe: Kälte
Und endloser Schnee, dazu das komplette Thrakien
Und meilenweit Wasser und Wasser.
Die Fische leben, wenn Winter ist, unterm Deckel –
So auch ich. Klappe den Mund zu im Dunkeln.
Behalt meine Sprache für mich, ich habe ja noch zwei
Auf Vorrat: Sarmatisch und Getisch, beide ganz neu,
Und keine reizt es mich anzuprobieren.

*

– Во мне ни единой неласковой нитки нету.
Ласка сама придет, где ты ей сам место дашь.
Она у меня суетлива,
она везде суется, где ее не толкают вон.
Да и когда толкаешь ее,
и тогда она вертится, как бес,
чтоб найти место,
где ей занять пост.
Яур, москов, казак, волк, птица.
– Матушка родная,
Всемилостивейшая Государыня!

*

Как-нибудь так: вместо того, чтобы выйти из шкафа,
Люди ходят в шкафу – и оказываются в другом месте.

Или они только заглянули в шкаф
И слышат, как за спиной проворачивается ключ,
И вот они уже в другом месте,
Под носами тапок утренний снег.

Или так: они никогда не знали, что это шкаф, пока
Дверца не захлопнулась, медленно рассвело
И стало ясно, что вот, мы в другом месте
И над нами сыплется нафталин.

– Keine einzige lieblose Faser habe ich mehr im Leib.
Die Liebe kommt von allein, sobald du ihr Raum lässt.
Die meine gibt keine Ruhe,
mischt sich überall ein, wo man sie nicht hinauswirft.
Und noch wenn man sie fortstößt,
wirbelt sie wie ein Derwisch
und findet doch einen Platz,
auf dem sie Posten bezieht.
Du Ungläubiger, Moskowit, Kosake, Wolf, du Vogel!
– Teure Mutter, Matuschka,
Allergnädigste Herrscherin!

*

Ungefähr so vielleicht: Statt aus dem Schrank zu kommen
Laufen die Leute in einem Schrank herum – und sind plötzlich
woanders.
Oder sie schauen nur kurz herein,
Da hören sie in ihrem Rücken den Schlüssel im Schloss
Und schon sind sie ganz woanders,
Die Füße in Hausschuhen stehen im Morgenschnee.

Oder so: Sie wussten gar nicht, dass das ein Schrank ist, bis
Die Schranktür zufiel, und langsam wurde es hell
Und sie begriffen, aha, wir sind jetzt woanders,
Und von oben stäubt Mottenpulver auf uns herab.

На городских площадях, на улицах города
Пусто так, словно война, словно революция,
Словно эпидемия, словно финал чемпионата мира –
И над ними идет утренний снег.

Нынче видно все, и что все одновременно:
В каждой квартире горит свет, одновременно
Каждый в своем шкафу садится за стол, поливает плющ,
Встает, садится, ложится, не гасит свет,
Сияет в окне ослепительно сонной лампой,
Как девушки в витринах красных кварталов,
Перед которыми нет никого, улицы пустые,
И над ними сыплется нафталин.

Одинаковые, обрюзгшие, тяжкие как животы,
В воздухе стояли воздушные шары:
Воздушные шкафы на невидимых нитках,
В каждом никого не веселящий газ.
В темной воде, состоящей из льда и воды,
Возвышались этажи фосфоресцирующих рыб.

В зимнем небе, состоящем из неба и снега,
Светились окна многоквартирных домов,
Пустые, товарами полные магазины,
Рестораны со стульями, прислоненными к столам,
Учрежденья с прошлогодними календарями,

Auf den Plätzen und Straßen der Stadt
Eine Leere, als wäre Krieg, als wäre Revolution,
Als wäre Epidemie, als wäre WM-Finale –
Und von oben fällt Morgenschnee auf sie herab.

Neuerdings sieht man alles, und alles geschieht simultan:
In jeder Wohnung brennt Licht, simultan
Setzt sich jeder in seinem Schrank an den Tisch, gießt den Efeu,
Steht auf, setzt sich, legt sich ins Bett, lässt das Licht an,
Leuchtet am Fenster auf, eine blendend schläfrige Lampe,
Wie in Rotlichtvierteln die Mädchen in Schaufenstern leuchten,
Vor denen niemand steht, die Straßen sind leer,
Und von oben stäubt Mottenpulver auf sie herab.

Wie lauter gleiche, schwammige schwere Bäuche
Schwebten sie in der Luft, wie Luftballons,
Luftige Schränke an unsichtbaren Fäden,
Jeder voll Gas, das keinen zum Lachen brachte.
Im dunklen Wasser, gemischt aus Wasser und Eis,
Erhoben sich Stockwerk um Stockwerk phosphoreszierende
Fische.
Am Winterhimmel, gemischt aus Himmel und Schnee,
Die hellen Fenster der Mietskasernen,
Die leeren, mit Dingen gefüllten Läden,
Restaurants mit gegen die Tische gelehnten Stühlen,
Behördenkalender vom vorigen Jahr,

Забытыми на странице с мартовской девушкой.
И над ними шел утренний свет.

Иногда на лед выходили фавны
Опушенные смуглой шерсткой,
На тонких копытцах,
Стесняющиеся
Лишний раз
отпечаток раздвоенный ставить на белое.

*

А на горе на Этне
Слова во рту от мороза
Становятся ледяные:
Что ни скажешь – хрустят за щекой,
Как зубы, выбитые в драке –

Записал мессер Леонардо
В своем наградном молескине.

Умственный писатель Петроний
Говорит: посередке мира
Стоит шест, он как майское древо,
На его вершине голубятня,
В голубятне возятся и гадят

Stehengeblieben beim Mädchen des Monats März.
Und von oben fiel Morgenschnee auf sie herab.

Hier und da trat ein Faun hinaus auf das Eis
Im flauschigen dunklen Fell,
Auf zarten Hufen,
Beschämt,
Einmal mehr
einen gespaltenen Abdruck zu hinterlassen im Weiß.

*

Und auf dem Berge Ätna
Werden die Worte im Mund
Vor Kälte zu lauter Eis:
Die Silben knirschen darin
Wie ausgeschlagene Zähne,

Notierte messer Leonardo
Im geschenkten Moleskine.

Der gelehrte Dichter Petronius
Sagt: In der Mitte der Welt
Steht ein Pfahl wie ein Maibaum,
An der Spitze ein Taubenschlag:
In diesem flattern und misten

Слова, и мысли, и картинки
Прошлого и будущего века –
Ссорятся, неряшливо ебутся,
Птенцов выводят,

А когда шелухи и мусора становится слишком много,
Они сыплются через край,
Прямо в галдящие рты очевидцев,
Столпившихся у шеста:

Иди домой, переваривай
Настоящее время.

*

Птиц не слышно,
Но мы знаем, что они там.

*

В этой зиме как в том лесу с золотой веткой,
Где золотому дубу служит золотой жрец
(где пишу «золотое», читай «белое»)
Или как в лабиринте с Пасифаиным сынком:
Некуда деваться, пока не придет сменщик
И не собьет рогатую голову с человечьих плеч.

Die Wörter, Gedanken und Bilder
Der Vergangenheit und der Zukunft –
Keifend und rammelnd im Dreck
Brüten sie Junge aus,

Und wenn sich zu viel Spreu und Unrat sammeln,
Kippen sie über den Rand
Direkt in die grölenden Münder der Zeugen,
Die dicht an dicht unten stehen:

Voilà, jetzt geht und verdaut
Eure Gegenwart.

*

Die Vögel sind nicht zu hören,
Doch wir wissen, dass sie da sind.

*

Dieser Winter gleicht jenem Wald mit dem goldenen Zweig,
Wo der goldenen Eiche ein goldener Priester dient
(statt »golden« lies jeweils »weiß«),
Oder dem Labyrinth von Pasiphaes Söhnchen:
Du entkommst ihm nicht, solange dich nicht einer ablöst
Und dir den gehörnten Kopf von den Menschenschultern stößt.

Я и возражать не буду, ни для проформы
Оказывать сопротивление и махать мечом,
Хотя тут оружие – просто орудие,
Без него и отлить не выйдешь, есть и у меня.
Уже чую, голова тяжела, ноздри раздуваются,
Где было речь – теперь вык и мык и як.
Скоро за мной явится такой же бывший
И уже сам будет учиться местным звукам
И как очищать от снега крылечко
И что ходить в меховых штанах срам, но теплей.

*

Вечер полон. Пуст стакан.
Пусто в голове. Тепло в груди.
Если у времени есть карман,
Туда меня и посади.
Тихие огни, сахарная голова,
Ночной разговор, лихой человек,
Серый на белом кассовый чек,
Иные, лучшие права.

*

У нас есть дар. Кое-кто нас зовет
Лучшими поэтами времени.

Ich werde nicht widersprechen, nicht mal pro forma
Widerstand leisten, ich zücke kein Schwert,
Auch wenn hier eine Waffe nicht mehr als ein Werkzeug ist,
Ohne sie geht man nicht mal zum Pissen raus, auch ich nicht.
Ich spüre schon, der Kopf wird mir schwer, die Nüstern breit,
Statt zu reden, stammle ich nur noch Bäh und Mäh.
Bald steht der nächste Geächtete vor meiner Tür,
Der wird die hiesigen Laute schon freiwillig lernen,
Und wie man den Schnee von der Vortreppe fegt,
Und dass Fellhosen peinlich sind, aber warm.

*

Leere Gläser. Münder satt.
Der Kopf ist leer. Wie froh ich bin.
Falls die Zeit eine Tasche hat,
Verschwände ich gern darin.
Zuckerhut und leise Lichter,
Nachtgespräche, kühn bis dreist –
Ein Kassenbon grau auf weiß,
Andere, höhere Rechte.

*

Wir sind genial. Manche meinen:
Die besten Dichter unserer Zeit.

Квартирки наши, увы, не по славе,
И сама эта слава фуфло.
Слуги, некормленые, в обносках,
Глядят на нас свысока. Мы оба
Еще не старые – а сколько морщин!
Кому до нас дело есть
И до наших горестей? Сами себе
Мы читатель, мы знаем-ценим
Цену себе и друг другу. Тексты
Наши сложат в общую яму
С великими мертвыми поэтами.
Так мы друг друга утешаем.
По крайней мере, мы не умрем бездетными.

*

Но даже когда придет время переплыть,
И не эту пресную воду, смешанную с морской
Так, что она даже зеленой зимой не синяя,
А ту, по которой отчалим и мы, и наше всё –
Даже там мы будем стоять в очередь на посадку
Сообразно материнскому языку,
Тому, на котором во сне материшься.
То есть: моя тень отдельно от остальных –
Прямиком на паспортный контроль,
Под табличку «для граждан РИ»,

Doch wir wohnen in schäbigen Buden,
Und unser Ruhm ist nichts wert.
Der abgerissenste hungrige Domestike
Hält sich für besser als uns. Noch sind wir beide
Nicht alt, aber faltig und grau.
Wen kümmert schon, was wir tun
Und was uns wehtut? Wir sind unsere eigenen
Leser, ein jeder weiß, was er selbst
Und was der andere taugt. Unsere Texte
Landen dereinst in derselben Grube
Wie die großen toten Dichter.
So trösten wir einer den anderen.
Zumindest sterben wir nicht kinderlos.

*

Doch selbst wenn es Zeit wird, das Wasser zu überqueren
Nicht die brackige Brühe hier, den salzigen Fluss,
Der auch im grüneren der beiden Winter nicht blau ist,
Sondern das andere, das wir alle passieren müssen –
Selbst dann werden wir vor den Gangways Schlange stehen
Nach Muttersprachen sortiert:
Den Sprachen unserer Mutterflüche im Schlaf.
Das heißt, mein einsamer Schatten steuert direkt
Auf die Passkontrolle zu,
Unterm Schild »Für Bürger des RI«,

А эти длинною вереницей в другой рукав,
Не оглядываясь на меня, не смешиваясь.
Ну да, они не говорят по-нашему,
А когда говорю я, прыскают в кулаки,
И вся моя лингва проливается, как подлива,
Какую никто и не пробует пробовать.
И да, их волосы висят, топорщатся шубы,
Стрелы, щетина, глаза не сразу найдёшь
И у магазина не о чем обменяться репликами,
Потому что погода всегда одна и та же
И видно, что я не гожусь для строевой.
Но даже когда мы будем голые безволосые тени,

Сколько-то гетских и одна латинская,
Не найдётся такой, чтобы, пока ждем парома,
Встала рядом и левый бок чуть отогрелся.

*

О, холодно, холодно!
Знатно, окошки где открыты.
Гяур, москов, казак.
Казак, москов, сукин сын.

*

Alle anderen fädeln brav in den zweiten Gang ein,
Ohne Seitenblick, ohne Gedränge.
Es stimmt ja, sie sprechen unsere Sprache nicht,
Und wenn ich es tue, prusten sie heimlich vor Lachen,
Meine ganze lingua läuft aus wie Bratensaft,
In den keiner auch nur die Gabel taucht.
Und ja, man sieht unter all diesen Haaren,
Den Pelzen, Pfeilen, Bartstoppeln nicht gleich die Augen,
Und der Smalltalk beim Einkaufen kommt nicht zustande,
Weil das Wetter immer dasselbe ist und weil man sieht,
Dass ich für den Kriegsdienst nicht tauge.
Doch selbst dann, wenn wir nur noch nackte haarlose
Schatten sind –
Soundso viele getische, plus ein lateinischer –,
Nicht mal dann wird sich einer finden am Steg vor der Fähre,
Der sich neben mich stellt und mir die linke Seite ein wenig
wärmt.

*

– Kalt ist mir, oh, so kalt!
Irgendwo stehen wohl die Fenster offen.
Ungläubiger, Moskowit, Kosake.
Kosake, Moskowit, Schuft.

*

II

Волк въедался в мою лошадь все глубже и глубже. Передняя ее часть от ужаса и боли продолжала скакать вперед.

Приключения Барона Мюнхгаузена

Der Wolf fraß sich immer tiefer in mein Pferd hinein. Dessen vordere Hälfte sprengte vor Schreck und Schmerz im Galopp voran.

Die Abenteuer des Barons von Münchhausen

Непрерывное шевеление
Щекотание
И почесывание
Воды об снег
Пара об воду
Себя об себя

И: темно как в ведре

И: как в очках запотевших,
Как в снежной пресветлой бане
Раздвояешься –
Растворяешься на ходу

*

И все потрескивает, словно
Кто-то кончиком ногтя

*

Скажи мне, сударушка, каков ты и в милости ли я?

*

Wie sich andauernd etwas regt
Etwas kribbelt
Etwas kratzt
Wasser an Schnee
Dampf an Wasser
Ich an mir

Und: finster wie in einem Eimer

Und: wie durch beschlagene Brillengläser,
Wie in der erlauchten Schneebanja
Zergehst du –
Löst dich im Gehen auf

*

Und andauernd knackt es, als würde
Wer mit dem Fingernagel

*

– Sag mir, mein Liebchen, wie fühlst du dich, und stehe ich in deiner Gunst?

*

На меня разгневалось божество, я совершил
Оплошность, какую не скажу, не скажу, какую
Совершил ошибку, и где я вот я тут я

Лучше не навлекать на себя гнев того,
Что мощью равен богам, так что
Если вы навлечете на себя его гнев,
Можно только надеяться, что и милостью и милостью
Он тоже богам равен, каким именно?
Кто из богов отличался особой милостью?
Я совершил оплошность, ошибку, по ошибке
Я оплошность совершил, какую не знаю,
Только догадываться могу, что ту же,
Что и этот вот, и этот, и этот –
Я не буду их называть по имени,
Это было бы непростительной оплошностью
Даже в моей непрошеной непрощенной
Новой земле. Я любил:
Город, и чтоб весной толпа вдруг вся на легком,

Дачный диван и когда занавески дышат,
Себя, когда я с тобой. Это была ошибка,
Я был было была ошибка, какая не знаю,
И вокруг меня люди с холодным оружием
И ни за какие деньги не найдешь корректора.

*

Mich traf der Zorn einer Gottheit, mir unterlief
Ein Lapsus, welcher, sage ich nicht, ich sage nicht, welcher
Fehler mir unterlief und wo ich bin hier bin ich da bin

Besser man weckt nicht den Zorn eines Mannes,
Welcher an Macht den Göttern gleicht, weshalb dem,
Der seinen Zorn weckt, nichts anderes bleibt,
Als zu hoffen, dass er auch an Gnade an Gnade
Den Göttern gleicht, und zwar welchen?
Wer von den Göttern war gleich besonders reich an Gnade?
Mir unterlief ein Lapsus, ein Fehler, ein Irrtum
War dieser Lapsus, worin er bestand – keine Ahnung,
Ich kann nur raten: Es war derselbe,
Der auch vielen anderen Dichtern schon unterlief –
Namen nenne ich nicht, das wäre
Ein unverzeihlicher Lapsus selbst hier
In meinem unerbetenen unerbittlichen
Neuland. Ich liebte:
Die Stadt und die plötzliche Leichtigkeit ihrer Bewohner im Frühling,
Unser Sommerhaussofa, und wie die Gardinen atmen,
Mich selbst an deiner Seite. Das war ein Fehler,
Ich selbst war ein Fehler, worin er (ich) bestand – keine Ahnung,
Um mich herum trägt man Messer und Knüppel,
Und einen Korrektor findest du nicht für viel Geld.

*

А что делать еще, когда ничего не поделаешь?
Мы поем как потеем, такое устройство.
Каторжники поют, дальнобойщики поют, грузчики,
Швея за машинкой что-то бубнит себе под нос,
Ну и я тоже; сам себе пою, сам себя читаю,
Иногда думаю: ай да сукин сын! Или: сегодня я гений.

Я уже старый, седой как колос, а все за своё,

Будто не стихи меня загнали на крайний север;
Будто тем, кто не отвечает на мои письма,

Есть дело до тех, кто поёт, чтобы не сдохнуть,
Будто литерадура важнейшее из искусств
И сам кесарь, перед тем как отойти ко сну,
Спрашивает референта, есть ли новости от Назона,
И что он там пишет в своем воронеже.

*

– А любовь заперта в сердце за десятью замками.
Ужасно, как ей тесно.
С великою нуждою умещается,
Того и смотри, что где ни есть – выскочит.

*

Was soll man schon tun, wenn nichts mehr zu machen ist?
Unsereins singt, wie er schwitzt, so sind wir gebaut.
Die Zuchthäusler singen, die Fernfahrer singen, die Möbelpacker,
Die Näherin an der Maschine summt ein Lied vor sich hin,
Und auch ich: singe für mich, lese mich selbst,
Denke manchmal: Saugut, dieser Naso! Oder: heute bin ich ein Genie.
Alt bin ich, grau wie ein Kornfeld, und kann es noch immer nicht lassen,
Als säße ich nicht meiner Verse wegen hinterm Polarkreis;
Als hätten die stummen Empfänger meiner Briefe auch nur das geringste
Interesse an einem, der singt, um nicht zu verrecken,
Als wäre die Literatur die wichtigste aller Künste
Und als fragte der Caesar persönlich, bevor er zu Bett geht,
Noch rasch seinen Referenten: Was Neues von Naso?
Was schreibt er denn so dort in seinem Woronesh?

*

– Meine Liebe ist hinter zehn Schlössern im Herzen verschlossen.
Die Ärmste, wie eng sie es hat!
Sie passt kaum hinein,
Gib nur acht, alle Augenblick springt sie ans Licht.

*

Какого бога какого героя какого хуя?
Можно хоть Героиды перепереть на сарматский
И унавозить местное черствоземье
Ряженкой культурной экспансии:
Дескать, где я – там и Рим, а снег – чисто мрамор,

И вообще моя родина – греческие трагики.
Можно накрутить гетскую космогонию,
Две-три сивых байки про мирового ужа
Упаковать в компактные двустишия
И там у вас продавать в «Колониальных товарах»
Вместе с гиметским медом и германской кабанятиной.

Можно еще открыть сельскую школу,
Излагать истории исторических женщин,
Грубо брошенных богами или героями:
Про Дидону на берегу, про Ариадну на берегу,
Про тебя, как, когда меня повели,
Ты свалилась на пороге и лежала.

*

Welcher Gott welcher Held what the fuck?
Die Heroides auf Sarmatisch, na klar, warum nicht –
Die örtliche Harterde düngen
Mit der Buttermilch des Kulturimperialismus,
Nach dem Motto: wo ich bin, ist Rom, der Schnee ist praktisch
wie Marmor,
Und überhaupt, meine Heimat heißt Sophokles Aischylos.
Oder wie wär's mal mit einer getischen Kosmogonie:
Zwei, drei wüste Märchen von einer Weltenschlange,
Verpackt in kompakte Distichen,
Laufen sicher gut bei euch im Kolonialwarenladen
Zwischen Honig vom Hymettos und germanischem
Wildschwein.
Oder vielleicht mache ich eine Dorfschule auf und erzähle dort
Geschichten von Frauen aus der Geschichte,
Sitzengelassen von ihren Göttern und Helden:
Dido am Meeresstrand, dito Ariadne,
Du, als ich abgeführt wurde,
Wie du zusammengeklappt auf der Schwelle lagst.

*

(Д)

Кто ты был, ты беженец был, забыл, как звали

И откуда сам, семья на закорках, сын-захребетник

Писается в штаны, отец одно и то же
Про то, как его уважали в совете ветеранов,
Путал ты падежи, глаза вприщур, дрожь за пазухой.

Если бы не я и мое поставленное хозяйство
И не вдовий мой капитал, где ты был бы,
Был бы ли.

Когда с тобой легла, я легла как в лодку,
Как в зимнее море легла, и вот помалу
Научилась различать сквозь твоё дырявое днище
И тяжёлый ход морских чудищ,
И остовы затонувших судов круизных,
И гром мотора, когда пограничный катер
Требует руки на борт и не сопротивляться
И я не сопротивлялась.

Но мы уперлись в дно. Ты вышел на сушу
Под новыми созвездиями, сбросил плавники,
Отрастил легкие, оставил меня в песке:

(D)

Wer warst du schon, ein Flüchtling warst du, der nicht mehr weiß, wie er heißt
Und wo er herkommt, huckepack die Mischpoke, der Sohn: eine Niete,
Ein Hosenpisser, der Vater: spult seine Platte ab,
Wie hoch man ihn schätzte im Veteranenrat,
Du konntest nicht deklinieren, die Augen zwei Schlitze, ein Zittern im Hemd.
Ohne mich, ohne meine geordnete Wirtschaft
Und mein Witwenvermögen, wo wärest du jetzt,
Gäbe es dich überhaupt noch.

Als ich mich zu dir legte, lag ich wie in einem Kahn,
In einem Meer im Winter, erst nach und nach
Erkannte ich durch deinen löchrigen Kiel
Das Schlingern der Seeungeheuer,
Die Gerippe gesunkener Kreuzfahrtschiffe,
Das Motordröhnen der Küstenwachboote, den Ruf
Hände auf die Reling und keinen Widerstand,
Und ich leistete keinen Widerstand.

Aber wir liefen auf Grund. Du gingst an Land
Unter neuen Gestirnen, du streiftest die Flossen ab
Und ließest dir Lungen wachsen, ich blieb liegen im Sand:

Бывшее дерево, бывшую царицу, бывшую лодку,
И если хочу за тобой угнаться,
Я должна стать огнём и воздухом, как та египтянка,
Чтобы ты хотел и не мог выгнать из ноздрей мой запах.

*

(А)

Я просыпаюсь на белом, пустом и белом
Острове оставленной тобой кровати
И понимаю, что ты меня оставил,
И понимаю, что я и есть остров;
Человек, сказавший, что человек не остров,
Не был изолирован в пустой кровати,
Где белая ткань собой знаменует зиму,
Выпавшую в строке, где между мной и тобой
Простое белое, метро безвидные промежутки,
Бесчеловечные проспекты, лишенные нас скверы,
И нет никакой соединительной ткани,
Ни шелковой нитки, за которую уцепиться,
Ни словесных мячиков для налаженной переброски:
Человек, заключенный в собственной коже
И другой человек, сбежавший из заключенья,
Не пожелавший быть частью архипелага,

Einst ein Baum, einst ein Kahn, einst Königin,
Und wenn ich dich einholen will,
Muss ich Feuer werden und Luft, wie jene Ägypterin,
Damit du mich aus deiner Nase vertreiben willst und nicht
kannst.

*

(A)

Ich werde wach auf der weißen, der leeren und weißen
Insel des Betts, in dem du nicht mehr liegst,
Und begreife, du hast mich verlassen,
Und begreife, ich bin die Insel;
Der Mensch, der gesagt hat, kein Mensch sei eine Insel,
War nicht isoliert in einem leeren Bett,
Wo weißer Stoff das Zeichen gibt für den Winter-
einbruch in Zeilen, wo zwischen mir und dir
Einfaches Weiß liegt, blicklose Metrostrecken,
Entmenschte Prospekte, Parks, durch die wir nicht gehen,
Und keinerlei Bindegewebe,
Kein seidener Faden zum Festhalten,
Keine Bälle für ein gepflegtes Wortpingpong:
Ein Mensch im Gefängnis der eigenen Haut,
Und ein anderer Mensch, der aus dem Gefängnis ausbrach,
Kein Teil sein wollte des Archipels,

Федеративной республикой, схваченной в объятья
Зоной территориального присоединенья,
Обнажают, как срам, свою островную природу,
Я вижу береговые скалы.

Бог любви колол меня своим стрекалом,
Бог сна не удержал меня в своей люльке,
Придет на выручку бог алкоголя,
Изнутри обнимет, прозяб его виноградник.

*

(О)

Хотелось бы все-таки знать, какую форму
Ты примешь там, где формы давно сношены,
Тела сданы на переплавку, никто никого не помнит,
И тебя нельзя узнать по когтям твоего льва.
Когда мы были вдвоем, мы были кто захочешь,
Как скажешь – так и были, счастливая наша флюидность
Заполняла, как море, все отверстия тела.
Я была генерал и одновременно птичка,
Генерал и армия, генеральша и самовар,
А ты лев с когтем, девочка с прялкой, рядовой на
гауптвахте,
Мокрый подгузник, жук-навозник, движимый праздник.

Kein Föderationssubjekt, kein Objekt in den Armen
Eines Gebietsanschlusses,
Sie enthüllen die Blöße ihrer Inselnatur,
Ich sehe die felsigen Küsten.

Der Gott der Liebe stach mich mit seinem Stachel,
Der Gott des Schlafes warf mich aus seiner Wiege,
Einer kommt mir zu Hilfe: der Gott des Alkohols
Umarmt mich von innen, und sein Weinberg grünt.

*

(O)

Ich wüsste trotz allem gern, welche Form du dort
Annehmen wirst, wo es längst keine Formen mehr gibt,
Wo die Körper recycelt werden und jeder jeden vergisst,
Auch dich wird man nicht mehr erkennen ex ungue leonis.
Solang wir zu zweit waren, konnten wir sein, wer wir wollten,
Auf Zuruf, sofort – glückliche Fluidität
Strömte in alle Körperöffnungen ein wie das Meer.
Ich war General und gleichzeitig Nachtigall,
General und Armee, Generalin und Samowar,
Du warst Löwe mit Krallen, Mädchen am Spinnrad, Soldat im Arresthaus,
Mal Ärmelschützer, mal Pillenwälzer, mal Wiener Walzer.

Ты носил мою юбку. Я носила твой камуфляж.
Я перестала брить ноги, ты писал сидя,

Травестируя этим властные отношения,
Плюя на гендер с его полыми половинками,
Успевая побыть попеременно одновременно
Папой и мамой, кленом и рябиной, генералом и птичкой,
Но никогда просто тобой и мной:
Пожилым офицером в провинциальном городе
И изобретательной дамочкой из местных –
Вот эта тактика и облегчила нам расставание,
И я уверенно рассчитываю не узнать тебя там.

*

О, холодно, холодно!
Юла моя дорогая.
Душа не на месте, что неможешь.

*

Авторы художественной литературы,
Описывая необычные обстоятельства
И желая подчеркнуть их необычность,
– Такого еще не было! Такого больше не будет! –
Часто обращались к этому образу:

Du trugst meinen Rock. Ich trug deinen Flecktarn.
Ich rasierte mir nicht mehr die Beine, du fingst an, im Sitzen
zu pinkeln,
Wir drehten die Machtverhältnisse um und um,
Pfiffen aufs Gender und seine hohlen Hälften,
Waren reihum beides zugleich: Papa und Mama,
Ahorn und Esche sowie General und Nachtigall,
Aber niemals waren wir einfach nur du und ich:
Ein älterer Offizier in einer Provinzgarnison
Und ein ortsansässiges Fräulein mit viel Phantasie –
Diese Taktik hat uns den Abschied erleichtert,
Und ich baue darauf, dass ich dich dort nicht erkenne.

*

– Kalt ist mir, oh, so kalt!
Mein lieber Wirbelwind.
Das Herz steht kopf, dass du leidend bist.

*

Autoren von Belletristik,
Die ungewöhnliche Umstände schildern,
Verwenden im Wunsch, deren Ungewöhnlichkeit zu betonen
– Das war noch nie da! Das kommt nie mehr wieder! –,
Häufig dieses Bild:

Как если бы, говорили они,
В заурядной комнате пошел снег,
Помаленьку засыпая диван и письменный стол.

Авторы книг и фильмов
Любят снег не там, где он на своем месте,
А там, где ему незачем быть, и никто не ждет:
В красной зале музея, над приморскими пальмами,
Между колоннами Парфенона,
На римских площадях,
В залах ожидания пустого аэропорта.

Снег теперь везде, без него никак:

Он подсвечивает противоестественное смешение,
Пугающее соитие невозможного
И нашей, какая уж есть, жизни.
И того, как чужое опять настаивает на своем.

То же делает пустота
Там, где ее нога еще не ступала –
На римских площадях, в залах ожидания,
В откидных креслах кинотеатров,
В больницах, куда нельзя прийти родственникам,
На запертых кладбищах, в общественных туалетах.

Als hätte es, sagen sie,
In einem ganz normalen Zimmer plötzlich geschneit,
Hätte langsam Sofa und Schreibtisch eingeschneit.

Autoren von Büchern und Filmen
Mögen Schnee nicht, wo er hingehört,
Sondern dort, wo ihn keiner braucht und keiner erwartet:
Vorm Sienarot eines Museumssaals, über Palmen am Meer,
Zwischen den Säulen des Parthenon,
Auf den Plätzen von Rom,
Im Wartebereich eines leeren Flughafens.

Der Schnee ist neuerdings überall, man kommt nicht an ihm vorbei:
Er legt sein Licht auf die widernatürliche Mischung,
Die furchteinflößende Paarung des Unmöglichen
Mit unsrem – man nimmt's, wie es kommt – Leben.
Damit, wie das Fremde auf seinem eigenen Standpunkt beharrt.

Genauso die Leere: an Stellen,
Wo sie noch nie einen Fuß hingesetzt hat –
Auf den Plätzen von Rom, in Wartebereichen,
Auf Kino-Klappsitzen,
In Krankenhäusern, wo kein Verwandtenbesuch erlaubt ist,
Auf abgeriegelten Friedhöfen, öffentlichen Toiletten –

Теперь она там разлеглась
И позирует для фотографий.

И еще там есть кто-то третий,
Из-за которого все и накрыли белым,
А детей отправили в детскую –
Скрипят его валенки, теперь зажмурься,
Мы ничего не видим.

*

Три недели мы провели в этом безысходном положении; наконец, ветер переменился и самый воздух вокруг нас начал оттаивать. Тут же наша землянка наполнилась сухим треском и цоканьем, – это, как понял я потом, сталкивались над нашими головами согласные, сопровождаемые тихим шипом, в котором я узнал букву S, так часто встречающуюся в нашем наречье. Вскоре я почувствовал вроде как ветерок над самым ухом – это был звук шепота, он по своей нежной природе оттаял в потоке теплого ветра, что гулял по нашей землянке, быстрее прочих речей. А за ним последовали и сами слоги, и слова покороче, и, наконец, целые фразы, которые застыли было, а теперь понемногу оттаивали; и вот мы услышали все, что было сказано в те три недели, что мы провели, почитай, молча. Было раннее утро, но, к немалому моему удивлению, я услышал вдруг: «Сэр Джон, вот и полночь, пора команде укладываться спать». Голос я узнал, это был наш

Macht sie sich neuerdings breit,
Posiert für die Fotografen.

Und noch ein Dritter ist dort,
Seinetwegen haben wir alles weiß abgedeckt
Und die Kinder aufs Zimmer geschickt –
Seine Filzstiefel knarren, schnell, kneif die Augen zu,
Hier gibt es nichts zu sehen.

*

Drei Wochen brachten wir in dieser ausweglosen Lage zu; dann endlich drehte der Wind, und die Luft um uns her begann zu tauen. Sogleich war unsere Erdhütte von einem trockenen Knistern und Knacken erfüllt – ich begriff erst nach einer Weile, dass das die Konsonanten waren, die über unseren Köpfen zusammenstießen, und in dem leisen Zischen, das zugleich ertönte, erkannte ich den in unserer Sprache so häufigen Buchstaben »s«. Kurz darauf spürte ich eine Art Luftzug am Ohr – das war der Schall unseres Geflüsters, das aufgrund seiner zarten Beschaffenheit in der warmen Hütte schneller taute als andere Reden. Als Nächstes folgten einzelne Silben und kurze Wörter und schließlich ganze Sätze, die eingefroren waren und jetzt langsam schmolzen; nun hörten wir alles, was in diesen drei Wochen unseres vermeintlichen Schweigens gesagt worden war. Es war früher Morgen, doch auf einmal vernahm ich zu meinem Erstaunen: »Es ist Mitternacht, Sir John, Zeit, dass die Mannschaft zu Bett geht.« Die Stimme kannte ich, sie gehörte

боцман – и, размыслив, я догадался, что он сказал мне эти слова несколько дней назад, хоть я и не мог бы их расслышать до нынешней теплыни.

*

(П)

Что у меня: дом, сын, пяльцы, собака,

С видом на море темная прохладная зала,
Солнечные пятна на мраморе в полдень,
Солонина в подвале на всякий случай,
Как у нас каждый четвертый год неурожай.
Если ты, письмо, увидишь его, спроси,
Разве я просила его остаться?

Все как у людей, как у подруг; у одной
Муж уехал в город на заработки и там сгинул;
У другой завербовался в контрактники
И тоже сгинул. У меня как у прочих:
Напевая, я выполняю свои домашние
Обязанности. Танцуя, накрываю к ужину.
Счастье в личной жизни – это кухня без лишних ртов.

unserem Steuermann, und als ich zurückdachte, kam ich darauf, dass er mir diese Worte einige Tage zuvor gesagt hatte, doch bis zum jetzigen Tauwetter hatte ich sie nicht hören können.

*

(P)

Was habe ich: ein Haus, einen Sohn, einen Stickrahmen,
einen Hund,
Einen kühlen Empfangssaal mit Blick aufs Meer,
Mittags Sonnenreflexe auf Marmor,
Im Keller gepökeltes Fleisch für den Notfall,
Missernten gibt es bei uns ja alle vier Jahre.
Wenn du ihn siehst, mein Brief, dann frag ihn:
Habe ich ihn etwa gebeten zu bleiben?

Alles normal, wie bei meinen Freundinnen auch: der Mann
Der einen ging in die Stadt, um Arbeit zu suchen – weg war er;
Der andere hat sich anwerben lassen von der Armee,
Weg war auch er. Ich lebe, wie man so lebt:
Singend versehe ich meine häuslichen
Pflichten. Tanzend decke ich abends den Tisch.
Privates Glück ist ein Haus mit nicht zu vielen hungrigen
Mäulern.

Холодные, неопрятные ветры рыщут
Над водами морей. То и дело из волн
Высунется непотребная выдумка:
Одноглазый едок, охочий до нашей плоти,
Говорящий камень, змеиный остров,
Ведьма, обращающая человека в свинью,
А дальше пусть хоть утопится.

Разве я просила тебя вернуться?
Я не просила, чтобы приходили,
И тех, кто делает мне кассу на двойном безо льда
И разговорах о моей вечной женственности.
У меня едва остается время
На то, чтоб в поздних сумерках вымыть ноги
И посидеть одной на темной террасе.

Но каждое утро, прежде чем пора
Протереть столики и повесить «Открыто»,
Я вышиваю прогноз погоды.
На нем: ослепительно синий Океан,
Борей со снегом, Зефир с ямочкой,
Пасти Сциллы, царевна с мячиком.
Золотое, не относящееся к делу, руно.
Заспанные, необстрелянные дозорные,
Которых душат голыми руками.
Трофейный товар в иностранных портах.
Женские ступни, женские щиколотки.

Kalte, schmutzige Winde streichen
Über die Meere. Ab und zu taucht aus den Wellen
Ein obszönes Fabelwesen hervor:
Ein zyklopischer Esser, der scharf ist auf unser Fleisch,
Ein sprechender Stein, eine Schlangeninsel,
Eine Hexe, die Menschen zu Schweinen macht,
Wen kümmert's, wenn sie im Anschluss ertrinken.

Habe ich dich etwa gebeten, zurückzukommen?
Auch die anderen alle habe ich nicht hergebeten,
Die mir die Kasse füllen mit ihren Doppelten ohne Eis
Und ihrem Gerede vom Ewig-Weiblichen.
Ich schaffe es kaum,
Mir im letzten Dämmerlicht noch die Füße zu waschen
Und kurz allein auf der dunklen Terrasse zu sitzen.

Aber jeden Morgen, ehe es Zeit wird,
Die Tische zu wischen und das »Geöffnet«-Schild aufzuhängen,
Sticke ich eine Wetterprognose.
Darauf sind zu sehen: ein strahlend blauer Okeanos,
Ein Boreas mit Schnee, ein Zephyros mit Grübchen,
Die Schlünde der Skylla, eine Prinzessin mit ihrem Spielball.
Ein goldenes Vlies, das hier nichts zur Sache tut,
Verschlafene Wachen, auf die kein Pfeil abgeschossen wurde –
Man erwürgt sie mit bloßen Händen.
Beutegüter im Hafen, in fremden Ländern.
Weibliche Füße, weibliche Knöchel.

Вышиваю и распускаю дорогу домой.
Каждое утро мои прогнозы меняются.

*

Матушка Всемилостивейшая Государыня.
Матушка, ох как болен.
Матушка родная,
Не знаю, что будет со мною.

*

(другая А)

Огни гаснут, наши девочки расходятся по палаткам,
Чистят оружие, проверяют патроны,
Все как положено. Спросишь, как у меня –
У меня все в боевом порядке.
Какой смысл плакать: о пролитом молоке,
О щите пробитом, о жизни подвешенной,
Как меховая обезьянка на резинке,
Что скачет вверх-вниз и туда-сюда.
Твое место пустое, темное, спальный мешок
Сложен, пылится, и ты как не была.
Скажешь, военные тоже плачут –
Как тот, в Малой Азии, плакал о своем мальчике,

Ich sticke den Heimweg und trenne ihn wieder auf.
Jeden Morgen ändert sich meine Prognose.

*

– *Teure Mutter, Allergnädigste Herrscherin.*
Matuschka, ach, ich bin so krank.
Teure, traute Mutter,
Ich weiß nicht, wie mir wird.

*

(eine andere A)

Die Lichter gehen aus, unsre Mädchen verziehen sich in ihre Zelte,
Putzen die Waffen, prüfen die Zahl der Patronen,
Alles so, wie es sein soll. Falls du wissen willst, wie es mir geht –
Bei mir ist alles in bester Schlachtordnung.
Wozu heulen: über verschüttete Milch,
Einen durchschossenen Schild, ein Leben, das in der Luft hängt
Wie eins dieser Äffchen am Gummiband,
Die auf und nieder springen und vor und zurück.
Dein Platz ist leer und dunkel, der Schlafsack
Zusammengefaltet, verstaubt, als wärst du nie da gewesen.
Auch bei der Truppe weint man, sagst du –
Wie dieser Typ in Kleinasien damals weinte um seinen Süßen,

Который без него пошел в разведку
И вернулся с отрезанной головой?
Спросишь, как у меня? Я о тебе забыла.
Как у тебя, не спрашиваю – муж-мальчик и сын-мальчик,

Новая страна, новый паспорт, новая война,
Старый опыт в зоне вооруженного конфликта,
Снайперская стрельба по старым подругам.
Девочкой маленькой ты мне казалась неловкою.
Теперь у обеих другая доля.
Быстрее, чем собрать-разобрать автомат,
Память обо мне соберется и разойдется
У тебя под правой отрезанной грудью
Завтра утром, когда мы займем позиции
И ты заработаешь свой посмертный орден.
И я войду в наше посмертное бессмертие.

*

В полумиле от нашей землянки мы услыхали вдруг медвежий рык, каковой немало нас напугал; но, расспросив соседей, мы узнали, что сам-то медведь мертв и мясо его засолено – его убили на этом самом месте две недели назад, в самые морозы. Неподалеку оттуда услышали мы и посмертное ворчанье и гавканье лисы.

*

Der ohne ihn auf Spähtrupp gegangen war
Und zurückkam mit abgeschnittenem Kopf?
Du willst wissen, wie es mir geht? Ich habe dich vergessen.
Wie es dir geht, frage ich nicht – du hast Mann und Sohn, beides Jungs,
Hast ein neues Land, einen neuen Pass, einen neuen Krieg
Und aus dem alten reichlich Kampferfahrung
Als Sniper, der jetzt auf die früheren Freundinnen schießt.
Ein kleines, linkisches Mädchen sah ich in dir.
So hat sich unser beider Geschick gewendet.
Schneller als ein MG zusammengebaut und wieder zerlegt ist,
Wird mein Bild sich aufbauen und zerfallen
Unter deiner abgeschnittenen rechten Brust
Morgen früh, wenn wir unsere Stellungen einnehmen
Und du dir deinen posthumen Orden verdienst.
Und ich mit dir posthum unsterblich werde.

*

Eine halbe Meile von unserer Hütte hörten wir plötzlich Bärengebrüll, welches uns einen gehörigen Schreck einjagte; die Nachbarn, die wir befragten, erklärten aber, der Bär sei längst tot und gepökelt – man habe ihn zwei Wochen zuvor, zur Zeit der größten Kälte, just an dieser Stelle erlegt. In derselben Gegend vernahmen wir auch das posthume Knurren und Kläffen eines Fuchses.

*

(И)

Девочки мои говорят: «бедная И,
О, какая муха тебя укусила, милая!»
Мой МЧ говорит: «малыш» или «моя маленькая».
Его бывшая говорит: «эта» и «его телка».
Я почти не нахожу в себе качеств,
Совпадающих с этими определениями.
В последние месяцы я не нахожу в себе места,
Перехожу из бара в бар, мне там тесно,
Стреляю сигареты у продуктовых,
Обхожу дозором заснеженные помойки,
Словно собираю бутылки или ищу венский стул.
Дальше больше: деревянные скамьи электричек,
Пригородные полустанки, бурый наст натоптан,
Овраги, бурелом, колодец с бумажной иконкой,

Заколоченный клуб, кафе «Морячок», коровник.

Чешется кровь под кожей, наружу хочет.
Тесно и тут, небо низко, поля мало,
Хочется бежать, куда, сама не знаю,
Запрокинув голову, движениями крупа
Разгоняя мушиное щекотание крови,
Сильными ногами пожирая километры,
Без памяти, без устали, без остановки,

(I)

Meine Mädchen sagen mir: »arme I,
O was hat dich bloß gestochen, du Liebe!«
Mein Date sagt »Kleines« zu mir oder »Baby«.
Seine Ex sagt nur »die andere« und »diese Kuh«.
Ich kann kaum eine Eigenschaft an mir finden,
Die diesen Definitionen entspricht.
In letzter Zeit weiß ich gar nicht wohin in mir,
Ich ziehe von Bar zu Bar, es ist überall eng,
Ich schnorre vorm Supermarkt Kippen,
Patrouilliere über verschneite Müllhalden,
Als suchte ich Pfandflaschen oder einen Kaffeehausstuhl.
Und es wird immer schlimmer: Holzbänke in der S-Bahn,
Vorortbahnhöfe, Trampelpfade durch bräunlichen Harsch,
Gruben voll Bruchholz, ein Brunnen mit einer kleinen
Papierikone,
Ein mit Brettern vernagelter Klub, ein Café »Zum Matrosen«,
ein Kuhstall.
Subkutan stichelt mein Blut, es will nach draußen.
Auch hier ist es eng, der Himmel zu tief, die Wiese zu klein,
Ich will weg und weiß nicht wohin,
Den Kopf in den Nacken werfen, die Kruppe schütteln,
Das mückenkribbelnde Blut auf Touren bringen,
Kilometer fressen mit meinen starken Beinen
Ohne Sinn und Verstand ohne Pause

На вольной воле размыкивая песню про иву,
Без музыки, без слов, просто *ау* и *ио*.

*

Буря, вой, толпа призраков незнакомых.
С сердцем разбитым, старый, один, пою
Сам для себя. Виснет рваный туман
В сумерках. Снег мельтешит,
Ветер крутится. Стакан вина
Допит. Бутылка пустая.
Огонь заглох в очаге.
Кто говорит – говорит шепотом.
Думаю о том, что ни к чему эти буквы.

*

Ночью непонятные какие
Видно диверсанты
Перешли прозрачную границу
Растворились в нашей темноте
Как мы их узнаем, подруга?
Их никак от нас не отличить
Мы и сами, бывает, ходим
На потустороннюю сторонку
Там, где пограничная речка
Где костёр горит в тумане светит

Das Weidenlied in die weite Welt hinausbrüllen
Ohne Musik, ohne Text, nur *au* und *io*.

*

Sturmwind, Geheul, massenhaft neue Gespenster.
Ich bin traurig, alt und allein; ich singe
Nur für mich selbst. Nebelfetzen
Hängen im Dämmer. Es wirbelt der Schnee,
Es kreiselt der Wind. Mein Weinglas
Ist leer. Ausgetrunken die Flasche.
Das Feuer im Herd ist erloschen.
Wer spricht, tut es flüsternd.
Wie nutzlos, denke ich, sind diese Buchstaben.

*

Nachts sind sie rübergekommen
Wer weiß, Spione vermutlich
Über die durchsichtige Grenze
Und abgetaucht in unserm Dunkel
Woran, meine Freundin, sollen wir sie erkennen?
Es trennt sie rein gar nichts von uns
Auch wir selber gehen ja manchmal
Rüber nach drüben
Wo der kleine Grenzfluss fließt
Wo ein Feuer brennt im Nebel hell

Где из раны откровенной хлещет
Бычья кровь, нам греющая губы,
Речь развязывающая как мешок
С белыми куриными костями:
Мы давным-давно их обглодали
Что осталось – голо
Говорят, в раю
Ни мужей и жён,
Все голы как ангелы на небе
Если это так, то мы в раю
Мы в раю
В шестнадцатом бараке
На последней шконке
Мы не помним ни мужей ни жен
Мы-то прибыли из-за границы
Но забыли что там
Мы с тобой обороняем шконку
Делим передачку
Насыщаем тощую подушку
На двоих едину
Белыми куриными перьями.
(перьями, ты говоришь?
Как скажешь.)
Там за рекой высокий берег:
Нам поэтому не видно, что там
Я бывала там но не помню
Мы с тобою чифирим подруга

Wo aus offener Wunde sprudelnd
Stierblut hervorschießt, das uns die Lippen wärmt
Die Rede aufschnürt wie einen Sack
Voll weißer Hühnerknochen:
Wir haben sie lang schon abgenagt
Was bleibt, ist nackt
Man sagt, im Paradies
Gibt es weder Männer noch Frauen
Alle sind nackt wie die Engel im Himmel
Wenn das stimmt, sind wir mittendrin
Im Paradies
In der 16. Baracke
Auf der Pritsche ganz hinten
Wir erinnern uns nicht an unsere Männer und Frauen
Wir kommen von jenseits der Grenze
Doch wir wissen nicht mehr, was dort ist
Wir beide verteidigen unseren Pritschenplatz
Teilen die Fresspakete
Füttern das magere Kissen
Auf dem unsere Köpfe liegen
Mit weißen Hühnervätern
(-federn, sagst du?
Na, wie du meinst.)
Das drübere Ufer ist eine steile Böschung:
Dahinter sehen wir nichts
Ich war schon mal dort ich kann mich nicht mehr erinnern
Wir dröhnen uns zu mit pechschwarzem Tee meine Freundin

По ночам друг другу лижем души
По утрам идем на построенье
Мы ещё не ссучились, хотя и
Хочется на запах тёплой крови
Приползти к куму
И пролиться искренним рассказом
Ничего в себе не запирая
(жалко, что я ничего не помню)
Говорят, оттуда ходят эти,
Теплые, наполненные кровью,
И воруют ночью нашу память,
Жгут огни, уводят наших женщин
За прозрачную границу
И только одна из них вернулась
(ты не помнишь, зачем вернулась).
Если я начну смотреть за речку,
Кончи меня сразу, родная.

*

Дело всегда оборачивается зимою,
Все дороги утыкаются прямо в нее.
Тридцатипятилетний итальянец,
Заблудившийся в темной чаще,
Встретит волшебного помощника,
Как положено в волшебной сказке,
Но все равно будет спускаться ниже и ниже,

Wir lecken einander die Seele zur Nacht
Morgens gehen wir zum Zählappell
Noch halten wir durch, auch wenn es uns schwerfällt
Dem warmen Blutgeruch zu widerstehen,
Nicht angekrochen zu kommen zu Meister Büttel
Nicht überzulaufen vor wahren Geschichten
Rückhaltlos vorgesungen
(schade, dass ich mich an nichts erinnere)
Man sagt, die kommen rüber von dort,
Ganz warm, ganz voll Blut,
Und stehlen uns unser Gedächtnis,
Zünden Lichter an, entführen unsere Frauen
Über die durchsichtige Grenze,
Und nur eine ist wiedergekommen
(du erinnerst dich nicht, warum sie kehrtgemacht hat).
Falls ich, mein Herz, je nach drüben schielen sollte,
Über den Fluss, mach mich auf der Stelle kalt.

*

Am Ende ist immer Winter,
Alle Wege münden direkt in ihn.
Ein Mann Mitte dreißig, ein Italiener,
Der sich verlaufen hat in einem dunklen Wald,
Trifft gewiss einen magischen Helfer,
Wie es sein soll in einem Zaubermärchen,
Dennoch steigt er tiefer und tiefer abwärts

Впитывая, как губка, то, что увидит,
Пока не окажется там, где все замерзает,
И губка тоже.

Слишком умный, слишком ехидный,
Как положено в пору пубертата,
Мальчик (сколько ему лет, мы не знаем)
Встречает пятое время года –
Зиму, у которой нет ни стен, ни крыши,
Ни умопостигаемого предела.
Один раз она его уже поцеловала.
Она дала ему щедрые обещания,
Некоторое количество ледяных,
Синей зеленью отливающих букв,
Пригоршню замерзших голосов,
Сколько-то плоских историй.
Если ты из них сложишь
Что-нибудь хоть сколько-нибудь длительное,
Что-то иммунное к течению времени,
К низким температурам
И заразе, гуляющей в восточном ветре,

То:
Будешь сам себе господин,
Весь свет будет твой,
Тебя понесут на руках, да не преткнешься о камень
ногою твоею.

Und saugt dabei auf wie ein Schwamm, was er sieht,
Bis er dort ankommt, wo alles gefriert,
Selbst ein Schwamm.

Ein allzu kluger, allzu sarkastischer
– Wie es sein soll bei einem, der pubertiert –
Knabe (wie alt er ist, wissen wir nicht)
Stößt auf eine fünfte Jahreszeit,
Eine Winterzeit ohne Wände und Dach
Ohne ein fassliches Ende.
Einmal hat sie ihn schon geküsst.
Hat ihm generöse Versprechen gemacht
Und eine Anzahl blau und grün
Schillernder Eisbuchstaben gegeben,
Eine Handvoll gefrorene Stimmen,
Ein paar flache Geschichten.
Wenn du daraus etwas zusammensetzt,
Was halbwegs von Dauer ist,
Immun gegen den Lauf der Zeit,
Gegen niedrige Temperaturen
Und die Seuche, die mit dem Ostwind um die Häuser zieht,

Dann:
Wirst du dein eigener Herr sein,
Die ganze Welt wird dir gehören,
Man wird dich auf Händen tragen, auf dass dein Fuß an
keinen Stein stoße.

И я еще раз тебя поцелую.
Пару норвежских коньков подарю впридачу.
Главное, чтобы получилось складно.

(И он забыл и Герду и бабушку и всех домашних
И сидит на льду, перебирая свое богатство)

Ниже дна,
Ниже днища,
В самой нижней точке низкого человечьего горя
Итальянец видит замерзшее озеро
И тех, кто вмерзли в него как рыбы:
В чешуе из ледяных слез,
С глазами, отрастившими острые иглы,
С речью, какую не разгрызть и не отогреть.
Это предатели, те, которым нет прощенья.

Кого мы предали так,
Что нам нет прощенья?

Нет ни стен, ни крыши,
Только северное сиянье
И некоторое количество общих историй,
Открывающихся вовне, как дверцы.

*

Und ich werde dich noch einmal küssen.
Ein Paar norwegische Schlittschuhe schenk ich dir obendrein.
Hauptsache, alles geht auf.

(Und er vergaß Gerda, die Großmutter und alle zuhaus:
Da sitzt er nun auf dem Eis und sortiert seine Schätze)

Unter dem Boden,
Unter dem Untergrund,
Am untersten Punkt des niederen menschlichen Leids
Sieht der Italiener einen zugefrorenen See
Und jene, die darin festgefroren sind wie Fische:
Geschuppt mit vereisten Tränen,
Um die Augen ein Kranz spitzer Nadeln,
Die Worte im Mund nicht zu kauen noch aufzutauen.
Das sind die Verräter, die keine Vergebung erlangen.

Wen haben wir so verraten,
Dass wir keine Vergebung erlangen?

Keine Wände, kein Dach,
Nur das Polarlicht
Und eine Anzahl geteilter Geschichten,
Die nach außen aufgehen wie eine Schranktür.

*

Вечер. Не видно в сумерках синих гор.
Под зимними звездами
Весь в снегу стоит наш домик маленький.
Слышу, как лают собаки
У деревенских ворот.
Через ветер и снег
Кто-то идет домой.

*

За щекой
Слова чужие тают, как рафинад.

Abend. Die blauen Berge verschweben im Dämmer.
Unter den Wintersternen
Steht tief verschneit unser kleines Haus.
Ich höre die Hunde bellen
Hinterm dörflichen Hoftor.
Durch Schnee und Wind
Kehrt jemand heim.

*

In der Wange
Schmelzen die Worte der anderen wie ein Stück Zucker.

Postskriptum

Wenn die Kälte etwas nachlässt, beginnen die Wörter zu tauen. Jetzt ertönen sie alle zugleich: anfangs unverständlich und oft in verschiedenen Sprachen, obwohl sie scheinbar dasselbe sagen. In diesem Buch sind gefrorene und wieder aufgetaute Worte und Stimmen zu hören, vermehrt um Nacherzählungen, gefärbt durch Übersetzungen, brüchig vom Frost.

Für ihre Mitwirkung bei dieser gemeinsamen Unternehmung danken wir unter anderem: Erich Raspe, seinem Helden Münchhausen und seinen Übersetzern Kornej Tschukowski und Gottfried August Bürger; dem mittelalterlichen Reisenden Sir John Mandeville und seinem kongenialen Interpreten Joseph Addison; Hans Christian Andersen mit seinen Übersetzern ins Russische (Anna und Pjotr Hansen) und ins Deutsche (Albrecht Leonhardt); E. T. A. Hoffmann und Clive S. Lewis; der russischen Zarin Katharina II. und ihrem Geliebten Grigori Potjomkin; dem Strafkolonisten Publius Ovidius Naso, seinen zahlreichen Übersetzern ins Russische und seinem deutschen Nachdichter Wilhelm Willige; sowie Kenneth Rexroth als Übersetzer einer Reihe klassischer chinesischer Dichter.

Maria Stepanova und Olga Radetzkaja,
März 2021 / Januar 2023

»Wo jedes Wort in der Luft gefriert«

Ein Gespräch zwischen
Maria Stepanova und Olga Radetzkaja

Olga Radetzkaja:
Maria, du hast das *Winterpoem* vor mittlerweile fast zwei Jahren geschrieben – aus welcher Lebenslage ist es entstanden? Gab es eine Art Urszene, eine situative Keimzelle – oder auch ein erstes Bild, einen Rhythmus, ein Zusammenspiel bestimmter Wörter, aus dem sich alles entwickelt hat?

Maria Stepanova:
Das Poem, wenn es denn eines ist – in meinem Kopf firmiert es eher als Buch: als Gruppe von Texten, die durch eine gemeinsame Bewegung verbunden sind –, das Poem entstand am Ende des langen Pandemiewinters 2020/21. Wenn man jetzt darauf zurückschaut, scheint diese Zeit nicht nur unendlich lang her, sondern auch unendlich weit weg: eine andere Epoche, auf die ich selbst schon mit einer Art ethnographischem Interesse blicke. Solange sie andauerte, hat man die Zeit der Pandemie als endlos und in gewissem Sinn als *extrem* und existentiell wahrgenommen, während sie sich heute, vor dem Hintergrund des Krieges, den Russland gegen die Ukraine führt, eher als eine Ruhephase ausnimmt, eine Windstille, nach der man sich irgendwie sogar zu-

rücksehnen kann. Das Leben war plötzlich angehalten worden, all die Weisheiten vom Typ »lebe im Hier und Jetzt«, »carpe diem« usw., die wir vor allem aus der Ratgeberliteratur kennen, wurden tägliche Realität, und das erwies sich als äußerst schmerzhaft. Heute erscheint mir die Einsamkeit, die Sorge, der Schrecken, die ich damals empfand, wie eine Art Ouvertüre – ein Prolog zu dem, was gegenwärtig in Europa geschieht.

Ich hatte Glück: Ich verbrachte die Monate der Isolation während der Pandemie nicht in der Stadt, sondern auf der Datscha. Es war ein klassischer russischer Winter, Berge von strahlend weißem Schnee. Jeden Morgen ging ich als Erstes mit meinem Hund spazieren: Wir traten vor die Tür und standen in einem Raum, in dem Schnee und Licht praktisch eins waren – ich war jedes Mal wieder verblüfft, wie stark dieses alles durchdringende Leuchten war. Das ging wochenlang so, jeder Tag begann gleich, es war wie in *Groundhog Day*, nur hatte ich gar nichts dagegen, dass sich alles wiederholte, ich wachte gern in einer zeitlosen Welt auf. Die Angst, die Trauer, die Sorge um Angehörige und Freunde waren dadurch nicht aufgehoben, aber das Gefühl, eine einmalige, mit nichts vergleichbare Erfahrung zu machen, war sehr stark: die Einschränkungen, die die Pandemie mit sich brachte, die Verschiebung der medialen Aufmerksamkeit, die Tatsache, dass man keine Freunde treffen, nicht reisen, nichts planen konnte … Damals erlebte ich das als eine Art Verbannung, zu der jeder Einzelne verurteilt worden war: eine Verbannung *in die Gegenwart*, also kein räumliches, sondern ein zeitliches Exil – das deshalb aber nicht weniger einschneidend war.

Olga Radetzkaja:
Die Themen »Isolation«, »Winter« (Kälte, Schnee) und »Exil« scheinen im russischen literarischen Universum auf eine besondere Weise miteinander verbunden, kann man das so sagen? Und wo es um Exil geht, steht der römische Dichter Ovid fast schon zwangsläufig mit im Raum … Kannst du diesen »mehrstöckigen« Themenkomplex und seine spezifische Bedeutung ein bisschen erläutern?

Maria Stepanova:
Mittlerweile funktioniert die Pandemie für mich nicht mehr als Metapher des Exils, dafür ist die Realität viel zu stark und zu nah – Hunderttausende Menschen wurden vertrieben und in die Flucht getrieben, sie sind im ganz wörtlichen Sinn obdachlos geworden. Aber zum damaligen Zeitpunkt, vor zwei Jahren, hatte ich das Gefühl, was die Situation des Exils oder der Emigration ausmacht, ist vor allem der gestörte oder eingefrorene Kontakt zwischen den Menschen. Sie sind auf einmal zu weit entfernt voneinander, sie können sich nicht mehr sprechen und hören: Jeder steckt in seiner Isolationsblase wie im Innern eines Luftballons oder in einer Einzelzelle. In der russischen Literatur waren Gefängnis und Verbannung immer eine sehr naheliegende Realität, in einem ganz direkten biographischen Sinn, deshalb greift sie auch so leicht auf diese klassischen Bilder zurück. Ovid ist in diesem Kontext eine Art Hausgott: Er hilft denen, die ihr Zuhause unfreiwillig verlassen mussten, Worte für das zu finden, was

ihnen passiert. Für die russische Tradition ist weniger der glückliche Ovid der römischen Periode von Bedeutung, der erfolgreiche Autor der *Ars amatoria* und der *Heroides*, sondern vielmehr der Exilant, der seiner Rechte beraubt und auf unbestimmte Zeit in den (nach seinem Verständnis) äußersten Norden verbannt wurde, in eine Region, wo es so kalt war, dass selbst der Wein gefror, wo die Menschen seine Sprache nicht verstanden. Es ist verblüffend, wie aktuell diese zweitausend Jahre alte Erfahrung heute, im 21. Jahrhundert, noch immer ist – und es war gerade Ovid, der diese Konstellation, also das Schreiben aus der Verbannung, in die Literatur eingeführt, sie zu einer eigenen Gattung gemacht hat. In Russland, dessen Geschichte von Verbannten, in Ungnade Gefallenen, Ausgebürgerten, Zuchthäuslern, Ausbrechern, politischen Gefangenen geradezu wimmelt, ist dieses Motiv auf fruchtbaren Boden gefallen. Auf Ovid greifen sowohl Puschkin als auch Brodsky als auch Mandelstam zurück, er ist unser Schutzheiliger.

Olga Radetzkaja:
Ovid ist aber nicht der einzige »Gesprächsteilnehmer« in deinem Poem, dazu kommt eine ganze Reihe anderer Stimmen: Katharina die Große und ihr Geliebter Grigori Potjomkin, klassische chinesische Dichter wie Du Fu, die du in der englischen Übersetzung von Kenneth Rexroth gelesen und weiterverwandelt hast, die fiktiven Expeditionsberichte von John Mandeville, die in Wirklichkeit von Joseph Addison stammen, Paraphrasen von Alexej

Tolstojs *Nikitas Kindheit*, Anspielungen auf E.T.A. Hoffmann und Andersen, auf die schon erwähnten Ovid-Nachfahren Puschkin und Brodsky … Wie ist diese vielstimmige Form entstanden? Wie sammelst und wählst du dein Material?

Maria Stepanova:
Mir scheint, diese Art der Polyphonie, dieses Summen und Schwirren vieler verschiedener Stimmen – manche sind lauter, manche leiser – ist überhaupt typisch für meine Art des Schreibens, das findet sich nicht nur im *Winterpoem*, sondern auch in anderen Texten. Es ist meine Art, in Sprache zu denken – mir ist wichtig, dass hinter jedem Wort, hinter jeder Wendung Reihen um Reihen von *sprachlichen Präzedenzfällen* stehen, in denen dasselbe Wort von einem anderen Autor verwendet wurde, eine andere Stimme ihm Leben eingehaucht hat. Das ist wie ein Echo, das ich ständig höre. Aber im *Winterpoem* wird dieses Prinzip wohl zum ersten Mal so explizit: Das Buch ist eine Art Puzzle, in dem die Worte der anderen und die, die in der ersten Person gesagt werden, gleichberechtigt nebeneinanderstehen. Diejenigen, deren Stimmen in diesem Text sprechen oder schweigen, durchleben einen gemeinsamen Winter, sie stecken darin fest wie Fliegen im Bernstein; dieser Winter hat weder Anfang noch Ende, er dauert ewig, wie in der Geschichte von Narnia, er hat weder chronologische noch sprachliche Grenzen – Chinesen, Engländer, Katharina II. und ihr Geliebter, russische und deutsche Kinderbücher werden Teil ein und derselben Konstellation, einer großen *Gleich-*

zeitigkeit. Ich fand es interessant, dem Motiv der eingefrorenen Sprache, der erstarrten, zu Eis gewordenen Worte, die wieder auftauen und erklingen, wenn es wärmer wird, nachzuspüren, wie es durch die Jahrhunderte und durch die Sprachen wandert, von Leonardo da Vinci bis zu Rabelais, den ich nur indirekt zitiere, oder Addison. Ich wollte sie versammeln, sie als Chor von Stimmen hören, mal unisono, mal im Widerstreit. In gewissem Sinn ist ja jeder Text eine solche Ansammlung gefrorener Buchstaben, die erst hörbar werden, wenn wir anfangen, ihn zu lesen.

Olga Radetzkaja:
Die deutsche Fassung deines Textes trägt den Titel »Winterpoem 20/21«, auf Russisch ist er etwas spezifischer: *Swjastschennaja sima 20/21*, Heiliger Winter 20/21. Darin klingt das 1941, wenige Tage nach der Invasion der deutschen Truppen geschriebene, überaus populäre Lied *Swjastschennaja wojna* (Heiliger Krieg) an, aber auch eine zeitgenössische Komposition von Leonid Desjatnikow mit dem Titel *Sacre d'hiver 1949* (Sima swjastschennaja 1949 goda), der seinerseits offensichtlich auf Strawinskys *Sacre de printemps* (Wesna swjastschennaja) anspielt. Zu seinem Umgang mit der Textgrundlage – einem zufällig gefundenen, 1949 erschienenen sowjetischen Englisch-Lehrbuch für die 5. Klasse – sagt Desjatnikow selbst, er habe sich vorgestellt, das Buch stamme nicht aus dem Jahr 1949, sondern aus der Antike und sei daher von einer anderen Aura umgeben, wie eine Übersetzung aus einer alten, toten Sprache. Mir scheint, dieses Spiel mit den Zeit-

ebenen (und der damit verbundenen »sakralen« Aufladung oder auch Profanisierung) ist deinem Umgang mit den Ovid'schen oder den chinesischen Versen sehr verwandt. Siehst du diese Parallele auch? Und wie würdest du dieses Spiel selbst beschreiben, überhaupt deine Arbeit mit den »Quellen«?

Maria Stepanova:
Am Beginn des Buchs stand eine aufmerksame Lektüre Ovids – bei der mir zu meiner Freude plötzlich klar wurde, dass ich gar nicht über die Pandemie zu schreiben brauche, weil Ovid das schon für mich erledigt hat, als er seine Verbannung in Tomis beschrieb. Ich habe angefangen, Teile der *Tristia* und *Epistulae ex Ponto* zu übersetzen, einzelne Verse, einzelne Fragmente zu »kosten«, verschiedene Übersetzungen zu vergleichen, wobei meine eigene Version dann eine ziemlich extreme Form der Übersetzung war, eher ein Remake oder eine Cover-Version. Die Methode bestand in einem ständigen Wechsel der Methode, einer Art Oszillieren zwischen verschiedenen Möglichkeiten des Umgangs mit dem Original. Einzelne Worte und Wendungen sind wörtlich übernommen und möglichst exakt übersetzt, andere Stellen sind Periphrasen, die sich zwar ziemlich weit vom lateinischen Text entfernen, aber immer von einem wirklich im Original vorhandenen Vers oder Bild ausgehen, das sie entwickeln wie ein musikalisches Thema. Das war ein sehr befreiendes Gefühl: Die eigene, private Erfahrung wird auf ein fremdes Raster projiziert, aber sie verschwindet nicht darin und verliert nicht an Bedeutung: zwei Stimmen klingen zugleich, die Übersetzung wird zum Duett.

Desjatnikows *Sacre d'hiver 1949*, eine Chorsymphonie, habe ich während dieses Pandemiewinters viel gehört, vielleicht weil das Stück mit seinen Themen der außerhistorischen oder vor-historischen Zeit und der toten Sprache so gut zu dieser Situation des eingefrorenen Lebens passte, zu dieser allgemeinen Stasis, die für mich stark rituelle Züge hatte. Das Werk fügt meinem Titel noch eine weitere Bedeutungsschicht oder Lesart hinzu. Aus heutiger Sicht wirkt die damalige Zeit wie eine Insel des *Mythischen* in der jüngeren Vergangenheit. Damit steht sie im extremen Gegensatz zum jetzigen Krieg, mit dem die Vergangenheit katastrophal nah an uns heranrückt – eine nur zu bekannte Vergangenheit, die versucht, die Gegenwart unter sich zu begraben.

Olga Radetzkaja:
Während der Rückgriff auf Ovids Tristia-Elegien in der russischen Literatur eine reiche Tradition hat, wirkt der Auftritt der weiblichen Stimmen aus seinen *Heroides* im zweiten Teil des Poems eher überraschend. Diese Sammlung fiktiver Briefe, in denen Heldinnen aus der Mythologie sich an ihre verlorenen Geliebten und Ehemänner wenden, führst du mit einer Andeutung im Text quasi als Spätwerk Ovids im Exil ein – »vielleicht mache ich eine Dorfschule auf und erzähle dort / Geschichten von Frauen aus der Geschichte ...« –, tatsächlich waren sie ein Frühwerk. Wie haben Ovids Dido, Ariadne, Penelope oder auch die von dir hinzugefügten Io und Antiope ihren Weg ins *Winterpoem* gefunden? Mir scheint, hier herrscht eine andere Stimmung als in den Tristia-

Passagen, es ist eher Wut als leise Verzweiflung, und die Unbehaustheit in der Welt ist nicht mehr nur die Situation des lyrischen Ichs, sondern allumfassend geworden. In gewisser Weise lassen diese Passagen sich als Fortsetzung deines letzten Bandes, *Mädchen ohne Kleider*, lesen. Zugleich knüpfen sie offenbar auch an eine andere literarische Traditionslinie an: Du zitierst Sappho, in der Übersetzung der (lesbischen) russischen Dichterin Sofija Parnok, der Marina Zwetajewa einen berühmten Gedichtzyklus gewidmet hat.

Maria Stepanova:
Auch hier geht es in gewissem Sinn um Übersetzung: Die von mir wiedergegebenen Stimmen der Heldinnnen transponieren die mythologischen Sujets zurück in eine weibliche Perspektive. Die *Heroides* sind ja das erste Werk, in dem weibliche Heldinnen – verliebte, wütende, gekränkte, gedemütigte Frauen – selbst zu Wort kommen. Aber der Autor, der hinter all diesen Stimmen steht und entscheidet, wem er Gelegenheit gibt, sich zu äußern, ist ein Mann; Ovid wählt die Worte, er kontrolliert die Situation. Ich wollte ihm sozusagen die Fernbedienung aus der Hand nehmen und eine andere, weibliche Version in den Raum stellen.

Aber all das – die Ovid-Passagen wie auch die übrigen Paraphrasen – erschwert natürlich erheblich die Aufgabe des- oder derjenigen, die diese Texte im nächsten Schritt in eine andere Sprache überträgt. Wie macht man das, wie übersetzt man so ein Stimmengewirr, wie zeigt man in einer anderen Sprache, dass

bestimmte Verse auf einem anderen, früheren und fremden Text basieren – und wie markiert man die Verschiebung, die Abweichung, den Abstand zwischen »Original« und »Cover«? Wie stellt man es zudem an, dass all das auch noch ein Gedicht bleibt, genauer: ein deutsches Gedicht *wird*, das als solches ja innerhalb seiner eigenen literarischen Tradition existiert? Wie gehst du vor, was verlierst du und was gewinnst du in der Übersetzung?

Olga Radetzkaja:
Du sagst es ja selbst: Hinter jedem Wort, hinter jeder Wendung stehen immer »Reihen um Reihen« sprachlicher Präzedenzfälle, das ist im Deutschen nicht anders als im Russischen. Mein Ziel ist also, auch in der Übersetzung ein solches Summen und Schwirren zu erzeugen – und zwar eines, das in seiner Klangfarbe, seinen Tempowechseln, seiner ganzen Textur und Faktur dem deinen möglichst nahekommt. Beim Übersetzen von Gedichten wird einem der schillernde Charakter diese Nähe besonders deutlich: der Text, den ich schreibe, tritt als Double des deinen auf, aber wenn ich genauer hinschaue, ist er vielleicht eher ein Tanzpartner als ein Double, er schmiegt sich an, ohne zu verschmelzen, er ahmt nach, aber er antwortet auch.

Das gilt letztlich auch für den Umgang mit dem doppelt fremden Text, also mit dieser ganzen Schicht der Zitate, Verweise, Paraphrasen, Verballhornungen usw. in der Übersetzung. Sie zu identifizieren ist das eine, sie zum Klingen zu bringen etwas ganz anderes. Dass zum Beispiel der Schneewittchen-Anklang im ers-

ten Teil des *Winterpoems* zugleich eine Anleihe bei Puschkin ist, wird aller Wahrscheinlichkeit nach kein deutscher Leser erkennen, das Schneewittchenmotiv selbst aber vermutlich schon (der »Sarg aus Glas«, die darin schlafende Braut). Und die aufmerksame Leserin wird außerdem registrieren, dass hier für sechs Zeilen plötzlich Reime und ein regelmäßiges Versmaß auf den Plan treten. Die Passage gibt sich dadurch auch in der Übersetzung als fremd, als »ausgeliehen« aus einem anderen Text zu erkennen.

Bei den Ovid-Passagen ist die Zuordnung eher noch etwas leichter, denke ich, da greifst du ja auf ein gemeinsames europäisches literarisches Erbe zurück. Die Gestaltung dieser Teile der Übersetzung war dagegen einigermaßen vertrackt, vor allem im ersten Teil: auf meinem Schreibtisch lagen der lateinische Text, die deutsche, versmaßgetreue Übersetzung von Wilhelm Willige und die ganz anders geartete russische Übersetzung von Michail Gasparow, den du immer wieder zitierst, nebeneinander – aber mein eigentlicher Taktgeber war doch immer dein russischer Text. Die Verschiebungen zwischen »Original« (Ovid) und »Cover« (Stepanova) werden etwa in Zeit- und Registersprüngen hörbar (von »Die Nächte – ein Einheitsbrei, und ich träume nur Schrott« zu »Nie erscheint mir auf frierenden Flügeln Amor«), oder in einer Reibung zwischen hexametrisch/pentametrisch angehauchten Versen und sehr heutigen, sehr umgangssprachlichen Vokabeln (»Wozu ich noch schreibe, versteht kein Mensch, auch ich nicht«). Das heißt, ich versuche in meiner deutschen Fassung mit denselben Mitteln zu arbeiten wie du in deinem russischen

Text, weshalb ich auch an der Stelle mit den gefrorenen Wimpern nicht an Wilhelm Müllers »Gefrorne Tränen« aus Schuberts *Winterreise* vorbeigehen konnte: so viel zur Frage »was gewinnst du« …

Maria Stepanova:
Ja, so etwas meine ich unter anderem, wenn ich von der poetischen Eigenständigkeit der Übersetzung spreche. Dass das übersetzte Gedicht *ein Gedicht bleibt* oder wieder eines wird in der neuen, fremden Sprache, das ist vielleicht das Schwerste. Wenn es funktioniert, wenn man es, wie es bei Daniil Charms heißt, gegen ein Fenster werfen kann, und die Scheibe geht kaputt, dann hat sich das Ereignis der Übersetzung vollzogen.

Olga Radetzkaja:
Für mich spielt der Klang in diesem Vorgang wirklich eine entscheidende Rolle. Ich erinnere mich, dass wir einmal über die andere lautliche Qualität gesprochen haben, die die Ovid-Passagen im ersten Teil von den »auktorialen« unterscheidet: eine besondere Rauheit, Härte, etwas Unmelodiöses – für mich war das einer der Schlüssel, um diese Passagen aufzuschließen. Der Klang führt mich sozusagen zu dem motorischen Prinzip, das in dem ganzen Text wirkt und dann idealerweise auch mich, meine Sprache in Bewegung versetzt.

Maria Stepanova:
Die Übersetzung bringt ja meistens auch eine zeitliche Verschiebung mit sich. Du hast das *Winterpoem* schon in der Zeit seiner Entstehung gelesen, die Übersetzung hast du aber erst Ende 2022 abgeschlossen. Hat sich deine Lektüre, deine Wahrnehmung des Texts in dieser Zeit verändert?

Olga Radetzkaja:
O ja, und auch in dem halben Jahr zwischen den ersten Handgriffen und dem Abschluss der Arbeit an der Übersetzung hat sie sich noch einmal weiterbewegt. Das Offensichtlichste ist natürlich, das hast du schon erwähnt, dass man das Exil im Text seit dem Beginn des Krieges, oder spätestens seit dem vergangenen Sommer, nicht mehr (oder nicht mehr nur) als Metapher für Isolation, Zersplitterung, Einsamkeit liest, sondern als Reflex auf die unmittelbare Realität, nicht zuletzt deine persönliche. Die Metapher hat sich sozusagen »realisiert«, wie die Formalisten gesagt hätten. Ein anderes Beispiel ist die Frage, die das Poem gegen Ende stellt: »Wen haben wir so verraten, / Dass wir keine Vergebung erlangen?« – das bekommt Zug um Zug neue Bedeutungsfacetten, je weiter Russland vor unseren Augen in den Hades hinabsteigt.

Aber wie geht es dir selbst, wie liest du den Text heute?

Maria Stepanova:
Auch mit anderen Augen – und keineswegs nur in Bezug auf Ovid und das Thema Exil. Der Krieg hat ganz allgemein den

Blick verändert, mit dem ich auf Texte schaue, meine eigenen und die von anderen. Über lange Zeit basierte mein (und ich denke, nicht nur mein) Lesen, Schreiben, Denken auf der Annahme, wir lebten in einem post-katastrophischen Zeitalter und die zentrale Frage unserer Zeit sei, wie wir mit der Erinnerung an die Vergangenheit, mit der Erinnerung an die Katastrophe/n umgehen. Jetzt erkennen wir, dass es tatsächlich ein Leben im Vorfeld der Katastrophe war, einer neuen Katastrophe, die erst noch dabei ist, sich zu entfalten – und das verändert alles, sowohl die Texte als auch die Formen der Lektüre.

Olga Radetzkaja:
Ich frage mich übrigens, ob die Art und Weise, wie die Gegenwart – oder strenggenommen die Zukunft – in den Text einzieht, eine spezifische Qualität deiner Gedichte darstellt. Mir ging es schon mit deinen Zyklen *Spolia* und *Krieg der Tiere und der Untiere* so, die 2014/15 in Reaktion auf die Ereignisse im Donbas entstanden waren und plötzlich, im Februar 2022, wie Prophezeiungen des heutigen Krieges klangen. Vielleicht hat das just mit der Vielstimmigkeit zu tun? Als wäre der Text ein Empfänger, eine Antenne für untergründige Schwingungen, er verstärkt sie und macht sie hörbar.

Maria Stepanova:
Mir fällt es heute schwer, das *Winterpoem* wiederzulesen, gerade weil so vieles darin plötzlich viel näher und konkreter ist als

zum Zeitpunkt des Schreibens. Aber stärker ist noch ein anderes Moment: das Gefühl, dass wir (die wir Russisch sprechen und schreiben, die wir in Europa leben, die wir auf der Welt leben – die Aufzählung lässt sich fortsetzen) in einer plötzlich zäh gewordenen historischen Zeit feststecken und erst langsam, dann immer schneller rückwärts rutschen, zurück in die Vergangenheit, in archaische, statische Schichten, wo jedes Wort in der Luft gefriert. Als ich diese Bilder aufschrieb, waren sie noch Metaphern, jetzt liest sich selbst das »20/21« im Titel anders. Damals hatte ich nicht nur die Jahreszahlen 2020/21 im Sinn, sondern auch eine Epochenwende – die Pandemie erschien mir damals wie eine Wasserscheide, die das 21. endgültig vom 20. Jahrhundert trennt, denn mit ihr war eine ganz neue Realität in unseren Erfahrungsraum getreten. Jetzt, vor dem Hintergrund dieses Krieges, der in meinen Augen nicht zuletzt ein Krieg um Erinnerung ist und dessen Ausgang unser Verhältnis zu Vergangenheit und Zukunft auf lange Zeit bestimmen wird, sehe ich dieses »20/21« nicht mehr als Abfolge, sondern eher als eine Figur des prekären Gleichgewichts, eines Schwankens zwischen der alten und der neuen Zeit. Ich hoffe trotz allem, dass die neue die Oberhand behält.

Berlin, Januar 2023

Inhalt

Bibliothek Suhrkamp

Alphabetisches Verzeichnis